谨以此书

铭刻流感来袭的日子

献给坚守在一线的驻外人员

献给为抗击甲型H1N1流感
恪尽职守的工作者

献给所有热爱生命、珍爱健康的人们

当流感来袭

——疫情第一现场

目击实录

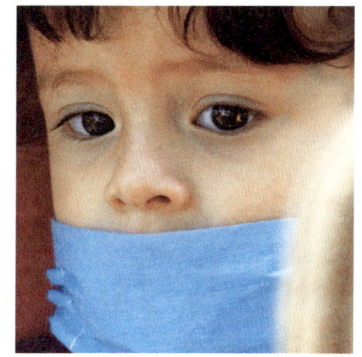

华夏　编著

新世界出版社
NEW WORLD PRESS

序

蔡名照

今年4月以来，一种人类陌生的流感病毒突现墨西哥，继而迅速向北美大陆和欧亚大陆蔓延，瞬间惊扰了世界，被世界卫生组织判断为"极有可能全球大爆发的公共卫生紧急事态"。全球的目光迅速从金融危机转向甲型H1N1流感。

流感疫情爆发后，我国党和政府高度重视，及时应对，果断采取防控措施。国际组织和有关国家秉持理性、审慎的态度，相互携手，密切配合，共同打响了人类历史上又一场抗击流感疫情的阻击战。

翻开人类历史，关于流感大流行造成灾难的记述远没有战争多，但流感造成的人类死亡却是一个庞大的数字。流感对人类造成的伤害和影响是十分巨大的，只是许多曾经的恐怖已经淡出了今人的记忆。对多数中国人来说，这次甲型H1N1流感肆虐蔓延直接唤起的，是对几年前SARS疫情爆发的记忆。我们有过与恶性病毒抗争的经历，对别国人民当前遭受的类似境遇更是感同身受。

中国外文局作为对外传播专业单位，在全球遭遇甲型H1N1疫情的好几个国家都设有分支机构。2004年，外文局所属《今日中国》杂志社在墨西哥城建立了拉美分社，我们派驻的几位记者、编辑长期在那里从事"本土化"办刊工作。所以，当我们得知疫情在墨西哥出现时，就格外关注有关墨西哥的消息，时刻注意疫情的发展变化，责成局内有关部门随时了解提供前方信息。4月底，世卫组织将甲型H1N1疫情的警戒级别从三级提升到五级，我们当即决定外文局驻墨人员撤回国内。

《今日中国》杂志社拉美分社社长吴永恒、副社长曾平同志都是经验丰富的记者。他们在墨西哥时，身处一线，恪尽职守，坚持工作，不辱使命，以新闻工作者的敏感，拍摄了许多有关疫情的照片，记录下了关于疫情发展和墨政府应对疫情的文字；回国后，又记录下在北京、上海接受医学观察的亲身经历和直接感受，第一时间报道了中国政府应对疫情的有效措施，以及医护人员的人文关怀。

吴永恒、曾平同志也成为媒体追逐的对象，他们的形象、声音很快通过国内外媒体进入大众视野,他们采写的许多报道也引起了广大读者和网民的关注和好评。当中国外文局常务副局长郭晓勇提出将他们几人的所闻所思编辑成书的想法后,我非常赞同。这些文字和照片是几个中国人置身墨西哥对疫情的真实见证,是广大读者深入了解疫情和疫情背后故事的难得素材。

  在本书付梓之前,我翻阅了书稿,每一篇文章都反映了几位新闻人的犀利观察、深入思考和职业操守,每一张照片都闪动着他们的忘我精神和忙碌身影。这本书能够帮助读者更深刻地了解甲型H1N1流感,更深入地了解墨西哥政府应对流感所采取的得力措施和墨西哥人民抗击病毒所表现出的不屈精神。

  本书面世时,流感还在全球肆虐,当务之急仍然是全球携手共同控制疾病的传播。同时,我们也应深刻反思,近年来流感频繁爆发给人类的警示是什么?至少有一点是明确的,我们需要更加爱护我们的环境,因为保护好我们赖以生存的环境就是对人类自己最好的保护。

2009年5月于中央党校

(本文作者为国务院新闻办公室副主任、中国外文局局长)

目　录

序　章　流感入侵，中国式"抢险" ／1
甲型H1N1流感爆发大事记／3
中国大陆确诊首例甲型H1N1流感病例／5
寻找密切接触者，刻不容缓／7
守土就是守卫生命／10

第一章　潜伏：来自墨西哥的流感风暴 ／13
一切都在悄然间发生／15
  曾平观察：疫情在毫无察觉时爆发／16
  昕怡连线（墨西哥城）：口罩迅速脱销／17
  文君直击：流感"占领"各大媒体／18
  相关链接
    什么是流感，流感病毒有哪些／19
    甲型H1N1的含义／20
    "猪流感"：甲型H1N1流感／20
    甲型H1N1流感临床表现／21
最危险的时段，最前沿直击"猪流感"／21
  曾平观察：致命的隐藏／22
  老吴实录：疫情近在咫尺／22
  相关链接
    甲型H1N1病毒存活率／23
    人类历史上最严重的几次流感／24
    田栓磊：对待甲型H1N1流感慎用板蓝根／25
    湿热体质者要慎防流感"火上浇油"／26
祸不单行，两度惊魂／27
  昕怡连线（墨西哥城）：正午惊魂／27
  曾平观察：6级地震袭击危城／28
  相关链接
    流感大流行警告六大级别／29
    甲型H1N1流感爱和哪些人"套近乎"／30
    甲型H1N1流感流行持续时间及高峰期／30
    贺晓生：甲型H1N1流感病毒会留存在桌面上／30
吃饭竟成难事／31
  曾平观察：连饭也吃不上／32
  昕怡连线（墨西哥城）：空旷街头，艰难度日／33

当流感来袭
疫情第一现场目击实录

老吴实录：非常时期非常事／34
相关链接
  甲型流感、禽流感与普通流感的对比／35
  "猪流感"并非完全由猪引起／36
  钟南山：H1N1是前哨战，SARS是遭遇战／36
  世卫组织推荐"六步搓洗法"／36
博友之声——程鹤麟：甲型流感下的官民众生相／37

第二章　爆发：人心没有沦陷／39

流感大风暴，令人想起当年的SARS／41
 老吴实录：拉美分社最后留守的中国人／42
 相关链接
  甲型H1N1流感 VS SARS／42
  如何预防"猪流感"／43
  如果家庭成员患了甲型H1N1流感，家里如何消毒／44
  人也会感染猪／44
畅通的街头，压抑的心情／44
 文君直击：疫情中的假日后花园／45
 老吴实录：冷清的街道，压抑的心情／46
 相关链接
  目前可用的治疗甲型H1N1流感药物／47
  甲型H1N1流感迅速流行，警惕疫情演化成全球性流感／47
  防治甲型H1N1流感，戴口罩就能万无一失吗／50
  如何预防儿童感染甲型H1N1流感／50
陷落的从来不是人，心灵生活需要的是乐天／50
 曾平观察：天生开朗的墨西哥人／51
 昕怡连线（墨西哥城）：心中一片阳光灿烂／52
 相关链接
  中医专家称"防非"方剂也可防甲型H1N1流感／54
  甲型H1N1流感流行时如何选择体育运动方式／55
真心的祈祷与远方的祝福／55
 文君直击：这一刻，被祝福环绕／55
 昕怡连线（墨西哥城）：你们让我更坚强／57
 相关链接
  甲型H1N1流感世界各国蔓延／58
  墨西哥：谣言满天飞／60
博友之声——廖新波：警戒为何不断升级／61

第三章　蔓延：世界各国在行动／63

翘首期盼，等待祖国的班机／65
　　老吴实录：航班取消，耐心等待／66
　　相关链接
　　　　纽约卫生局向民众公布的预防"猪流感"小贴士／67
　　　　英国"口罩一族"／67
　　　　日政府呼吁民众储备两周食物／68
　　　　西共体向成员国发出防控警示／68
　　　　巴黎警报／68
失望还是希望／69
　　老吴实录："集结号"还没有吹响／70
　　相关链接
　　　　防流感需保持个人卫生，每天擦拭电话等10种物品／71
　　　　控制甲型H1N1流感的难点／72
　　　　甲型H1N1流感第二波可能更严重／72
危机还在继续，努力不能停止／73
　　老吴实录：抗击疫病，我们竭尽所能／75
　　相关链接
　　　　中国专家：疫情面前须全球合作防控／76
　　　　潘基文呼吁全球联合起来共同应对甲型H1N1流感／77
　　　　美国专家称流感疫情可能不会在夏季减缓／78
博友之声——"猪流感"汹汹袭来，有感而发／78

第四章　行动：中国式救援与防御／81

危险的航程／83
　　曾平观察：危机一直在潜伏／83
　　相关链接
　　　　胡锦涛主席向墨西哥总统卡尔德隆致慰问电／86
　　　　胡锦涛就做好防范"猪流感"疫情工作作出指示／86
　　　　温家宝主持国务院常务会议，8项措施防控"猪流感"／87
隔离前后的思考／87
　　曾平手记：午夜，电话铃响／87
　　文君直击：意料之外被隔离／89
　　相关链接
　　　　快速诊断，24小时内确诊疑似病例／90
　　　　中国军事医学科学院研制出抗流感病毒新药／91
　　　　医护先锋：香港／91

当流感来袭
　　疫情第一现场目击实录

互相鼓励好过孤军奋战／92
　　老吴实录： 等待包机的日子／93
　　相关链接
　　　　4月30日，一场严肃、及时、鼓舞人心的新闻发布会／94
　　　　温家宝：今年非常困难　流感疫情影响经济／95
　　　　胡锦涛同美国总统奥巴马通电话／96
　　　　中国"狙击战"获世卫好评／96
　　　　四川全面防控／97
　　博友之声——今日感慨：参加一次甲型流感检疫／97

第五章　努力：流感在继续，生活也在继续／99

隔离第三天，喜忧参半／101
　　曾平观察： 让人欢喜让人忧／103
　　相关链接
　　　　流感来袭，别让口罩遮住微笑／106
　　　　墨西哥人的黑色幽默／106
"我们的孤独不寂寞"／107
　　曾平观察： 包机何时成行／107
　　文君直击： 电话那端的温情／108
　　老吴实录： 终于要回家了／109
　　　　相关链接
　　　　"猪流感"来袭，需警惕但不要恐慌／110
　　　　抵御甲型流感，需要四大防线／110
　　　　"猪流感"来了吃什么／111
"最后"的航班／112
　　曾平观察： 企盼重逢／113
　　老吴实录： 告别危城／114
　　相关链接
　　　　专家称健康人群暂无必要服药／117
　　　　新闻媒体在疾病防控中应该坚持的五大原则／118
细节之中绽放的美丽／118
　　曾平观察： 被隔离也会找到乐趣／119
　　老吴实录： 空中的微笑／120
　　相关链接
　　　　中国最早8月份生产出人感染"猪流感"病毒疫苗／123
　　　　完全遏制"猪流感"病毒不现实／123
　　　　海外护侨包机事件回顾／123
博友之声——扶摇直上九万里——乘包机归故乡／124

第六章　影响：流感会压垮世界经济吗 / 127

只要有爱，就有希望 / 129
 曾平观察： 无数条短信 / 129
 老吴实录： 40个小时的航程 / 130
 相关链接
  专家称此次流感疫情规模难测，走向尚无定论 / 131
  "猪流感"恐慌来袭，旅游业首当其冲 / 132

回家的感觉真好 / 132
 老吴实录： 踏上祖国土地的刹那 / 133
 曾平观察： 7日上午，解除隔离 / 134
 相关链接
  "猪流感"：全球化的"黑天鹅" / 138
  它是压倒世界经济的最后一根稻草 / 138

"雪上加霜"，墨西哥经济遭受挑战 / 139
 老吴实录： 被冲击得"神魂颠倒"的墨西哥 / 139
 昕怡连线（墨西哥城）： 墨西哥直面惨淡的经济下滑 / 141
 相关链接
  流感疫情冲击股市 / 141
  金融市场对"猪流感"恐惧加剧　金市类似"非典"时 / 142

墨西哥打喷嚏，全球经济感冒 / 143
 昕怡连线（墨西哥城）： 当全球经济遭遇流感 / 143
 相关链接
  "猪流感"引发全球担忧　失控将拖累经济复苏 / 145
  "猪流感"也不能阻碍趋势大反弹 / 146

博友之声——行情梦断"猪流感"　市场近期难乐观 / 146

第七章　反思：一切危难，都是全球化问题 / 149

幸福原来如此简单 / 151
 曾平观察： 自由的感觉很奇妙 / 151
 文君直击： 疫情的未来难以预测 / 153
 相关链接
  当全球化时代遭遇"猪流感"海啸 / 154
  食品安全监督，"猪流感"呼唤分餐制 / 154

流感来袭，引发"人与自然"定律 / 155
 曾平观察： 给"猪"正名 / 155
 老吴实录： 疫情面前，人类应该反思 / 156

当流感来袭
疫情第一现场目击实录

  相关链接
    疫情背后的哲学命题／158
    "猪流感"来了，我们该反思什么／158
反思中国式防控／159
  老吴实录：防患未然，才能保持主动／159
  曾平观察：防控，我们将会做得更好／160
  相关链接
    防止全球大爆发，疫情须得到严密监控／162
    "猪流感"悲壮抗议丛林法则／162
    从非典到甲型H1N1流感，中国走了多远？／163
    曾光：当流感来临／166
博友之声——"猪流感"：全球化时代的反思／168

附录1 世界各国流感疫情汇总表／170
附录2 中国各地流感疫情汇总表／174
附录3 卫生部办公厅关于印发《甲型H1N1流感确诊病例出院标准（试行）》的通知／176
    甲型H1N1流感确诊病例出院标准（试行）／176

后记／177

本书主要人物简介

吴永恒，早年留学古巴哈瓦那大学人文系，1971年进入新华社，先后任驻巴拿马、哥伦比亚、阿根廷、巴西和墨西哥等国首席记者、社长和拉美总分社社长、新华社国际部副主任、国外分社管理委员会常务副主任，2005年任《今日中国》杂志社拉美分社社长。

此次墨西哥流感爆发，年过六旬的他目睹疫情所带来的恐慌、突变，依然坚守工作岗位，期间经历包机的波折，回国后在上海医学观察期间，坚持为本书提供来自一线的第一手真实材料。

曾平，河南南阳人，中国作家协会会员。1988年毕业于武汉大学中文系，先后为郑州市文联、河南省文联编辑，团中央《中华儿女》杂志社财经导刊主编、中国改革报社上海记者站站长，《今日中国》杂志社中文版主编、总编室主任，现任《今日中国》杂志社拉美分社副社长。

曾结集出版知青系列小说《白毛驴》，长篇报告文学《喀斯特的呼唤》、《跨越夜郎》、《生命延续之门》，中短篇小说集《你的眼睛告诉我》等。

墨西哥流感疫情爆发初始，身在墨西哥城的他亲眼目睹了疫病在民间引发的骚乱和墨西哥人天性中的乐观，并及时向国内媒体报告当地情况。回国之后，在接受医学观察期间，他坚持每天在网络上报道观察地的具体情况。

于昕怡，中国国际广播电台驻墨西哥记者站首席记者，2001年开始供职于中国国际广播电台，2006年取得中国对外经贸大学经济学硕士学位。

此次墨西哥流感爆发，她一直坚守在疫病灾害前线，以一个新闻工作者的视角见证了疫情爆发的全过程，及时、准确地为本书提供了大量有关疫区的翔实情况。

程文君，《今口中国》杂志社拉美分社记者、西班牙文翻译。毕业于中国传媒大学，主修西班牙语。

2009年4月底，程文君与曾平同达同离墨西哥城，目睹了墨西哥流感爆发的前期状况，以女性特有的细腻描述了墨西哥城疫情最紧迫时期的状况。

注：本书中所有时间，除特殊标注外，均为北京时间

序　章

流感入侵，
　　中国式"抢险"

我们所要做的事应该一想就做：
因为人的想法是会变化的，有多少舌头，多少手，多少意外，就会有多少犹豫，多少迟延。

——（英国）莎士比亚

当流感来袭
疫情第一现场目击实录

  4月23日,墨西哥政府拉响疫情警报,甲型H1N1流感全面爆发,迅速波及美、加、英、西等国。
  4月28日至30日,世卫组织三天两提警戒级别。
  5月11日,中国大陆确诊首例甲型H1N1流感病例……
  流感疫情来势汹汹,一场健康与病毒的生死角逐已经拉开,你准备好了吗?

——题记

序 章
流感入侵，中国式"抢险"

甲型H1N1流感爆发大事记

3月18日，墨西哥卫生部门开始收治疑似流感的患者。

4月2日，墨西哥东部维拉克鲁斯州拉格洛里亚地区克萨特佩克镇上的4岁男孩埃德加·赫尔南德斯出现流感症状。

4月13日，墨西哥39岁女性玛丽亚因感染"猪流感"死亡，她当时被认为死于病毒性肺炎。

4月16日，墨西哥卫生部门通报世界卫生组织下的泛美洲卫生组织，称本国爆发了"猪流感"。

4月20日，墨西哥39岁男性赫拉尔多死亡，当时有消息称他是首位死于"猪流感"的患者。

4月21日，美国确认有两名儿童染病。

4月22日，墨西哥卫生部称有20人死于类似流感症状，发出全国警报。加拿大确认该国出现的一例病例与墨西哥病例属相同病源。

4月23日，墨西哥卫生部称，国内病例和美国病例存在一定联系。当天，美国再次确诊7例"猪流感"患者。

4月25日，墨西哥卫生部宣布疑似病例超过1300人，其中81人的死亡"可能与流感病毒有关"；美国增加11例确诊病例。

4月26日，新西兰10名学生被确诊感染了流感病毒；法国出现两例疑似病例；加拿大、英国、以色列、西班牙分别出现疑似病例。

4月27日，西班牙疑似病例确诊，欧洲出现首名"猪流感"患者。

4月28日，墨西哥确认及疑似"猪流感"死亡人数升至152人，全球7个国家出现确诊病例。

4月29日，世卫组织宣布全球流感大流行警告级别从当前的4级提高到5级。

4月30日，世界卫生组织宣布，该组织不再使用"猪流感"一词指代当前疫情，而开始使用"A（H1N1）型流感"这一名称，中国称其为"甲型H1N1流感"；同日，荷兰确诊首例病例。

当流感来袭
疫情第一现场目击实录

5月1日，香港首例确诊病人途经上海。

5月2日，中国卫生部决定对香港确诊病人接触者的隔离情况实行日报告和零报告；在世界其他国家，爱尔兰发现首例确诊甲型H1N1流感病例；美国疫情扩散至21个州；加拿大出现了首例被甲型H1N1流感病毒感染的猪。

5月3日，甲型H1N1流感快速检测方法在中国研制成功，从疑似到确诊只需12小时；全球确诊病例达到898例。

5月4日，世界卫生组织（WHO）总干事陈冯富珍表示，WHO可能会将新型流感病毒的警戒等级调升到最高一级，宣布进入大流行；全球21个国家和地区共有甲型H1N1流感确诊病例1085例，其中死亡病例26例；南航赴墨西哥包机于4日晚22时从广州白云机场起飞，前往墨西哥接回滞留的中国旅客。

5月5日，43名墨西哥AM098航班乘客和机组人员、34名在华墨西哥籍人员乘坐墨西哥政府安排的包机离开上海回国。

5月6日16时32分，中国赴墨西哥包机抵达上海浦东机场；世界卫生组织当天确认全球23个国家和地区有甲型H1N1流感确诊病例1893例，其中死亡病例31例。

5月7日，香港首例甲型H1N1患者的密切接触者的医学观察正式解除；世界卫生组织、联合国粮农组织、世界动物卫生组织发表联合声明重申，吃猪肉或者猪肉制品不会被感染。

5月8日，世界卫生组织总干事陈冯富珍表示，借助之前在抗击H5N1型禽流感等疫情中积累的经验，全球已经做好充分准备，应对可能的甲型H1N1流感大流行。

5月9日，世卫组织确认全球29个国家和地区有确诊病例3440例；美国超过墨西哥，成为确诊病例最多的国家；加拿大也确认一个死亡病例，成为第三个确认死亡病例的国家。

5月10日，中国四川成都发现一例甲型H1N1流感疑似病例。

5月11日，成都疑似患者被确诊感染甲型H1N1流感，成为中国内地首例输入性甲型H1N1流感病例；英国新确诊10例甲型H1N1流感病例；古巴确认该国首例甲型H1N1流感病例。

5月12日，中国山东报告一例输入性甲型H1N1流感疑似病例；芬兰首次确认两例甲型H1N1流感病例;泰国确诊2名甲型H1N1流感病例,成为东南亚首个确认流感疫情的国家;世卫组织通报,全球已经确诊的甲型H1N1流感病例升至5251例,其中61例死亡,确诊病例及死亡人数均比前一天有所增加,疫情已扩散至34个国家和地区。

5月13日,山东疑似患者被确诊,成为我国内地第二例输入性甲型H1N1流感病例;中国香港再次确诊一例甲型H1N1流感个案;英国卫生部新确诊3例甲型H1N1流感病例。

5月16日,北京市报告一例甲型H1N1流感确诊病例;印度出现首例个案。

5月17日,国务院总理温家宝探望北京确诊患者和医护人员;四川患者包某于当日16时30分痊愈出院;全球甲型H1N1流感确诊病例继续增加。

……

中国大陆确诊首例甲型H1N1流感病例

2009年5月10日夜,忙碌了一天的人们渐渐睡去,初夏时分的柔风拂过中国的每一寸土地,连空气也变得有几分慵懒。万籁俱寂的夜晚,只有草丛中偶尔传来的几声虫鸣,轻轻地呼唤着黎明的到来。

5月10日,四川省人民医院发现一例发热病例。(新华社 陈建力 摄)

当流感来袭
疫情第一现场目击实录

城市里,霓虹灯仍在闪烁,但街道上已不再像白天似的,一派车水马龙的热闹景象。乡村则像是沉睡的婴儿,偶尔有几声呓语,却仍旧睡得香甜。

然而,北京市宣武区南纬路27号,中国疾病预防控制中心内却弥漫着大战在即的紧张气氛。病毒所的工作人员正在进行最后的准备,他们有的在打电话,并迅速地在纸上记录着什么;有的在翻阅手中的文件,并不时地与身边的同事进行着简短的交流;有的在安置着身边的测试仪器;还有的不时地调整一下自己的口罩和手套。虽然忙碌,却井然有序,他们的表情都有些凝重,还有几分隐隐的忧虑。

零点的钟声突然响起,有人轻声说:"12点了。"

所有人都下意识地低头看了看自己的手表或者手机,然后抬起头,互相对望。

终于,有人走进来,朝着大家微微点了点头,他们都知道:来自成都的甲型H1N1流感疑似患者的咽拭子标本已经被送到了实验室。

与此同时,作为病毒所的平衡实验室,军事医学科学院的工作人员也开始了紧张的病毒检测工作。

凌晨5点,对该疑似患者咽拭子标本甲型H1N1流感病毒的核酸检测结果为阳性。通过基因序列同源性比较,专家们发现该标本与甲型H1N1流感病毒代表株(A/California/04/2009)同源性为100%,与季节性流感病毒H1H1代表株(A/Brisbane/59/2007)的同源性为79.4%。

自此,中国内地确诊了第一例输入性甲型H1N1病例。

患者包某,男,汉族,30岁,户籍地址在四川省内江市市中区桂湖街180-9-17号,美国密苏里大学新闻专业学生,正攻读博士学位。

5月7日,他由美国圣路易斯经圣保罗到日本东京。

5月8日,他从东京乘NW029航班出发,并于次日凌晨1时30分抵达首都国际机场。入境检疫时他体温低于37℃,未反映个人有不适的症状。

5月9日10时50分,他乘3U8882航班从北京起飞,当天13时17分抵达成都。

在3U8882航班上,他已经感觉身体不适,伴有咽痛、咳嗽、鼻塞和少量流涕等症状。在成都下飞机后,他自觉发热,便打了一辆车直奔四川省人民医院。

到达省人民医院之后,院方立即对该患者采取了隔离措施。

5月10日上午,四川省疾病预防控制中心两次复核检测,结果均显示为甲型

序 章

流感入侵，中国式"抢险"

H1N1流感病毒弱阳性。四川省卫生厅组织省内专家组进行会诊，按照《甲型H1N1流感诊疗方案（2009年试行版第一版）》，初步诊断该患者为甲型H1N1流感疑似病例。

5月10日晚，中国疾病预防控制中心和军事医学科学院接到疑似患者咽拭子标本，连夜开展实验室检测。

5月11日早晨，根据检测结果，该患者被确诊感染甲型H1N1流感。

而此时，曾在5月8日和5月9日分别乘坐NW029航班和3U8882航班的383人已经散布到了全国21个省市。

四川行动，全国行动，卫生部召开紧急会议，积极部署防控甲型H1N1流感的应对措施。形势的变化意味着战术也应做出调整，当流感疫情出现之后，前哨战将逐渐转变为阵地战。

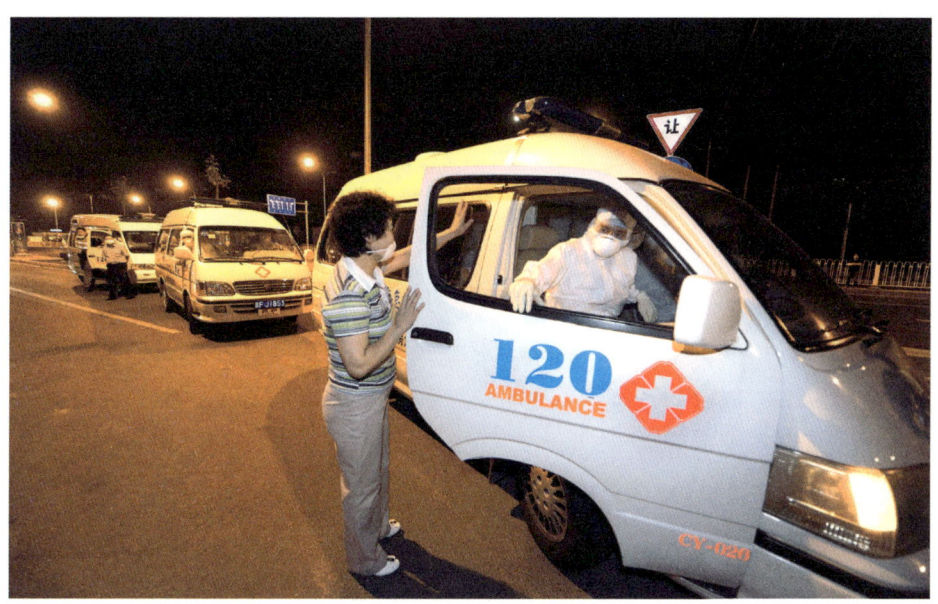

5月13日，120急救车从酒店转移密切接触者进行隔离。（新华社）

寻找密切接触者，刻不容缓

"保天下者，匹夫之贱，与有责焉耳矣。"当顾炎武在《日知录·正始》中写下这句话时，他也许并未想到这句话将被演绎为"天下兴亡，匹夫有责"，并在其

当流感来袭
疫情第一现场目击实录

后的一个多世纪中引发无数人的共鸣,尤其是在大灾大难面前,这句话总能以其极强的感染力最大限度地将力量汇聚在一起。

当四川出现中国内地第一例甲型H1N1确诊病例之后,一种紧张的气氛迅速蔓延开来。

从5月10日晚上开始,全国的卫生系统开始全力追踪与包某同机的383名密切接触者。卫生部将乘客的名单分发到相关省份,合全国之力展开紧张的追踪。

根据卫生部公布的数据,截至5月11日16时,乘坐3U8882航班的150名乘客已经有138人被找到,其中95人接受了集中医学观察;截至5月12日7时,NW029航班上的233名乘客中,有201名乘客接受了医学观察。

5月11日上午,北京国门大饭店前的保安戴着大大的口罩,口鼻被遮盖得严严实实,只露出了帽檐下的两只眼睛。当一辆载有隔离者的救护车缓缓驶过时,一位拎着洗漱用品以及其他日用品的女士静静地站在门口,宾馆中的服务员走出来之后,她小心地将手中的物品递了过去,并且细细地叮嘱着什么。

四天之前,曾平从这里走出来,他当时一定没有想到,当正常秩序尚未恢复时,便有更多的人被隔离在这里。也许,还有人就住在他曾经被隔离的房间内,不知道,透过窗户,他是否能够看到外面嬉戏的喜鹊呢?

作为北京甲型H1N1流感集中医学观察场所,国门大饭店严阵以待,实施内外戒严,4名保安戴着口罩把守在门口。从5月11日凌晨到当天下午2时,该饭店接收留观者共计151人,包括与确诊患者同机的147人。其中外籍人士59人,包括美国旅客40人、日本旅客10人,其他旅客来自加拿大、法国、英国以及肯尼亚,由专门的服务组为他们提供服务。考虑到客人们的各种生活饮食习惯,驻地配有西餐厨师。为避免交叉感染,留观者可自选饭菜,然后由服务员送至房间进餐。此外,驻地还开辟了特定区域供留观者活动。

与此同时,位于首都机场南侧的京林大厦前也拉起了黄色的警戒线,酒店右侧立着一块牌子,上面清晰地写着"本单位被政府征用,有特殊接待任务,不再对外接待"。一旦国门大饭店留观规模饱和,京林大厦可能成为北京第二家留观酒店。

这一切,无不预示着全国动员、共防流感的战鼓已经敲响。

序 章

流感入侵，中国式"抢险"

北京：5月11日，当防疫单位正努力寻找与确诊病例同机的其他"下落不明"者时，部分中国移动、中国联通的用户收到短信提醒，内容为："5月9日，四川省发现1例甲型H1N1流感确诊病例。请5月8日乘坐NW029航班和9日乘坐3U8882航班与该患者同机的乘客速与北京市疾病预防控制中心联系。电话：64407013或12320。市疾控中心12320。"

南宁：5月11日19时，广西省卫生厅紧急通报，国内首例甲型流感病例的一名密切接触者抵达南宁市后，已于当日早晨6时被追踪到位，随后送至定点医院进行医学观察。目前，此人体温正常，无流感样症状。

山西：5月11日凌晨，山西省卫生厅接到通报，山西省两名乘客曾与成都确诊患者同机。当地卫生部门第一时间内联系到了这两名乘客，并分别采取了严密的医学隔离观察措施，目前，被隔离者身体状况良好。

成都：5月12日下午，成都市卫生局新闻发言人何军称，截至12日16时，成都市无新增甲型H1N1流感确诊病例和疑似病例报告。包某的父亲和女友曾第一时间陪同其去医院就诊，是其密切接触者，12日下午，他们已经被转至成都市集中医学观察点继续医学观察。

重庆：5月12日晚，重庆市突发公共卫生事件应急指挥部向媒体通报称，5月11日至12日，重庆新增3名甲型H1N1流感密切接触者。截至12日18时，在重庆实施医学观察的甲型H1N1流感病例密切接触者增至27名。

……

一张护卫生命与健康的大网迅速铺开，各省动员，全国动员。

根据卫生部发布的消息，截至5月12日7时，确诊者所搭乘的NW029航班上的32名乘客，仍然没有下落；截至5月13日凌晨，与四川确诊患者同乘川航3U8882航班的所有乘客已全部找到。

一瞬间，我们仿佛又回到了六年之前的那个春天。那时候，当明媚的春光尚未被夏季的燥热驱散，当扬沙一如既往地飘扬在北京上空时，我们遭遇了"非典"。大灾面前，中国人常常将"万众一心，众志成城"奉为一种信条，甚至一种信仰，而这一次，毫无疑问，又是检验中国人民战斗力的关键时刻！

5月10日,清洁人员在香港深水埗区清洗、消毒道路和围栏。(新华社 刘莲芬 摄)

守土就是守卫生命

当成都确诊病例的密切接触者尚未全部"落网"时,5月12日17时,山东省卫生厅报告济南市传染病医院发现一例发热病例,根据临床表现和实验室检验结果,初步诊断为甲型H1N1流感疑似病例。

患者吕某,男,19岁,目前就读于加拿大某大学。

5月7日12时(加拿大时间),患者乘AC029航班从加拿大出发,5月8日14时30分抵达北京。

5月10日20时,患者自感发热。

5月11日下午,患者自测体温39℃,并伴有咽痛、头痛等症状,他并未立即就医,而是于当晚19时25分乘坐D41次列车离开北京,3个小时之后抵达济南。

21时49分,列车尚未到达终点站,患者在火车上主动向济南市疾病预防控制中心报告,该中心工作人员立刻赶往车站,在火车到站后立即将其转送济南市传染病院隔离治疗。

序 章

流感入侵，中国式"抢险"

5月12日上午，济南市疾病预防控制中心和山东省疾病预防控制中心分别对患者标本进行检测，结果均为甲型H1N1流感疑似阳性。

随后，患者在济南市传染病院隔离治疗，病情得到缓解。山东省卫生部门对济南市传染病院进行了终末消毒，全力追踪患者的密切接触者，并对这些密切接触者实施医学观察。

卫生部会同铁道部、民航局正在追踪同一航班（座位号在第32～38排）和列车（第7号车厢）的乘客，呼吁上述乘客和知情者尽快与当地卫生部门取得联系。

5月13日下午15点左右，卫生部通报，山东报告的甲型H1N1流感疑似病例被确诊，这是我国内地确诊的第二例输入性甲型H1N1流感病例。

局势更加紧张，在一种新的流感病毒面前，世界上没有任何一个国家能够独善其身。当中国被卷入这场疫情之后，媒体人白岩松在接受采访时，说了这样一段话："咱们常说一句话，好的开始是成功的一半，拥有了内地第一个确诊的输入性病例肯定不是一个好的开始，但是如果应对好了的话，这种不好的开始也是成功的一半。如果说前一段时间咱们打的是前哨战的话，这两天意味着咱们已经要打阵地战了，打阵地战就意味着从政府到涉及到的很多公民都要守土有责。"

守土，同时也是守卫自己的生命防线。

从大陆地区第一个输入性病例得到确诊之后，政府便高度重视，在相关单位的全力配合下，全国卫生部门进入了紧张的战斗状态。

国家主席胡锦涛强调，各级部门要继续抓紧做好应急响应的各项工作，科学、有效地实行卫生防范措施，全力制止疫情在我国传播，确保人民群众身体健康和生命安全。

国务院总理温家宝也在第一时间内主持召开国务院常务会议，研究部署进一步加强防控措施。

在复杂严峻的疫情防控形势下，从政府到个人，都应提高防控意识，消除麻痹懈怠心理，以大局为重。

在防控"非典"与禽流感的过程中，中国积累了很多经验，能够更快、更果断、更有效地启动公共卫生事件应急预案，更加人性化、更有前瞻性地处理突

当流感来袭
疫情第一现场目击实录

发性事件。

时代见证着中国的成长。

虽然我们有足够的信心打赢这场与流感的战争，却不能盲目乐观。5月12日，世卫组织再次提醒各国政府和公民：甲型H1N1流感病毒还可能继续变异成毒性更强的病毒，引发流感大爆发，足以在全球引起三波疫情。与此同时，全球甲型H1N1流感确诊病例仍在继续增加，截至12日，确诊病例已经突破5000例。

同一天，《现代快报》的记者赵勇走进了成都的一家药店，药店工作人员告诉他，短短一天之内，口罩已经脱销，这似乎是一个危险的信号，提醒着我们甲型H1N1流感仍将在一段时间内占据媒体头条，成为普通百姓见面打招呼时谈及的话题之一，成为每个人心中隐隐的忧虑所在。

这时候，我们都忍不住回头观望，当4月23日墨西哥政府拉响疫情警报之时，我们是否会想到，那涂满各种色彩的口罩，也将在二十几天之后，成为我们身边的一道风景？

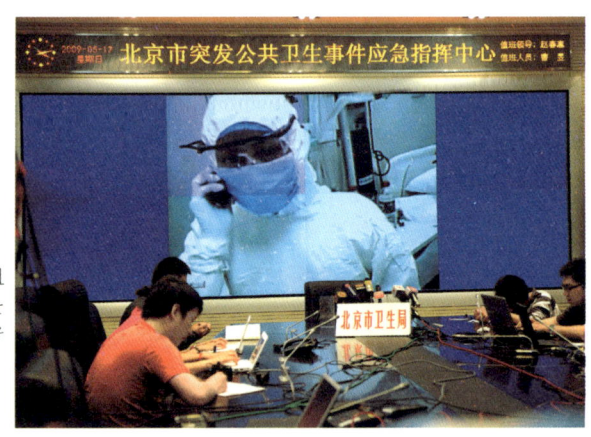

5月17日，负责北京市甲型H1N1流感确诊患者护理工作的护士长在病房中通过视频介绍患者病情。（新华社 李文 摄）

5月16日，北京报告一例流感确诊病例，中国面临着越来越重的防疫压力；相隔一天之后，成都患者包某痊愈出院。阴霾过后的阳光总是格外地灿烂。

唯愿，每个中国人认真对待，乐观展望，平安相守。

第一章
潜伏：
来自墨西哥的流感风暴

社会犹如一条船，
每个人都要有掌舵的准备。

——（挪威）易卜生

当流感来袭
疫情第一现场目击实录

4月13日,墨西哥发生首例人感染新型"猪流感"死亡病例。

4月25日晚间,世界卫生组织(WHO)在网站上宣布,墨西哥和美国的"猪流感"疫情为"国际关注的公共卫生事件"。而据新华社报道,截至北京时间4月27日,全球已确定1640人感染"猪流感",其中墨西哥1614例,美国20例,加拿大6例;疑似感染病例为23例,来自新西兰、西班牙、法国、以色列和巴西。

——题记

第一章

潜伏：来自墨西哥的流感风暴

一切都在悄然间发生

当一切都归于平静的时候，列夫·托尔斯泰曾这样对世人说："只有一个时间是重要的，那就是现在！它所以重要，就是因为它是我们有所作为的时间。"时间对于任何人都很重要，特别是当危难在即，更是刻不容缓。

3月18日（墨西哥时间），星期三午后，墨西哥城的街头是熙熙攘攘的人群，改革大道上车流如川，人们的生活一如往常，却不知此时南部哈瓦卡已经出现了首个疑似"猪流感"病例。

4月初，墨西哥东部维拉克鲁斯州拉格洛里亚地区克萨特佩克镇上的4岁男孩——埃德加·赫尔南德斯，正在跟街上的小山羊和狗一起玩耍时，突然感到浑身疼痛，回到家里便开始发烧、头疼、喉咙疼，他不得不躺在床上，无法动弹。母亲玛利亚将湿毛巾放在他的腹部和额头上，企盼着他快一点好转，但埃德加的情况越来越严重，她立刻把他送到了医院。

几天之后，埃德加再次活蹦乱跳地活跃在街头，他根本不知道在两周以后，他会被证实是世界首位诊断为"猪流感"的患者，赫尔南德斯一家都以为他患上的只是普通流感而已。此时此刻，"猪流感"疫情已经开始在墨西哥悄然蔓延开来。

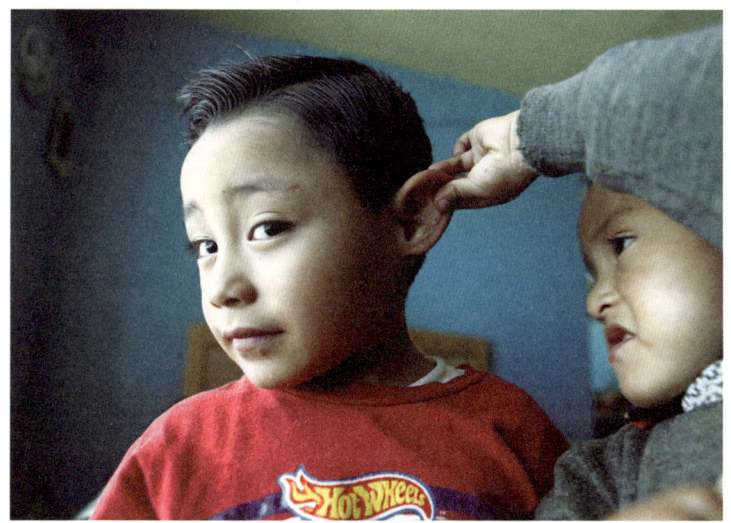

全球首例甲型H1N1流感患者——墨西哥维拉克鲁斯州的埃德加·赫尔南德斯（左）在自己家中。如今他已痊愈。（《人民画报》）

当流感来袭
疫情第一现场目击实录

曾平观察：疫情在毫无察觉时爆发

4月9日（墨西哥时间），《今日中国》杂志社拉美分社副社长曾平和同事程文君到达墨西哥城，一边倒时差一边进入了正常的工作状态，对有关"猪流感"的一切毫无察觉，因为墨西哥政府并没有正式公布当地出现严重的流感疫情。

在墨西哥政府公布疫情爆发的前几天，拉美分社的全体工作人员仍活跃在墨西哥国立自治大学和墨西哥国立理工学院的讲堂上，参加讲座、分发杂志、报道中国文化节、参观西藏民主改革50年图片展，等等。

拉美分社工作人员参观西藏今昔图片展。（《今日中国》 曾平 摄）

4月23日下午（墨西哥时间），墨西哥政府突然拉响疫情警报，下令学校停课。第二天早晨，墨西哥《改革报》(La Reforma)头版大幅字条即为总统卡尔德隆宣布墨西哥城中小学停课的消息。中午，墨西哥政府紧急召开会议，宣布墨西哥城所有大专院校停课。据说这是自1985年地震以来，墨西哥城第一次下令学校全部关闭。当天下午，博物馆、电影院等公共场所亦纷纷关闭；地铁、公共汽车站、街头有士兵在发放口罩；政府还通过媒体宣传防护措施。

这是墨西哥政府第一次向公众正式公布疫情，此前拉美分社的工作人员对流感疫病毫无察觉，工作地点的街道上偶尔走过几个流浪汉，他们一如往常地

第一章

潜伏：来自墨西哥的流感风暴

慵懒自适，人们的生活没有任何特别的改变。突如其来的政府公告让分社的员工们猛然意识到了疫情的严重性，可是大家都没有做任何防护措施。然而，当他们去药店购买医疗防护用品时，才知道墨西哥城内的医护用品都已经脱销，口罩、消毒水都很难买到。此时，大家都觉得有些惶然和震惊。不过即便如此，工作仍要继续。

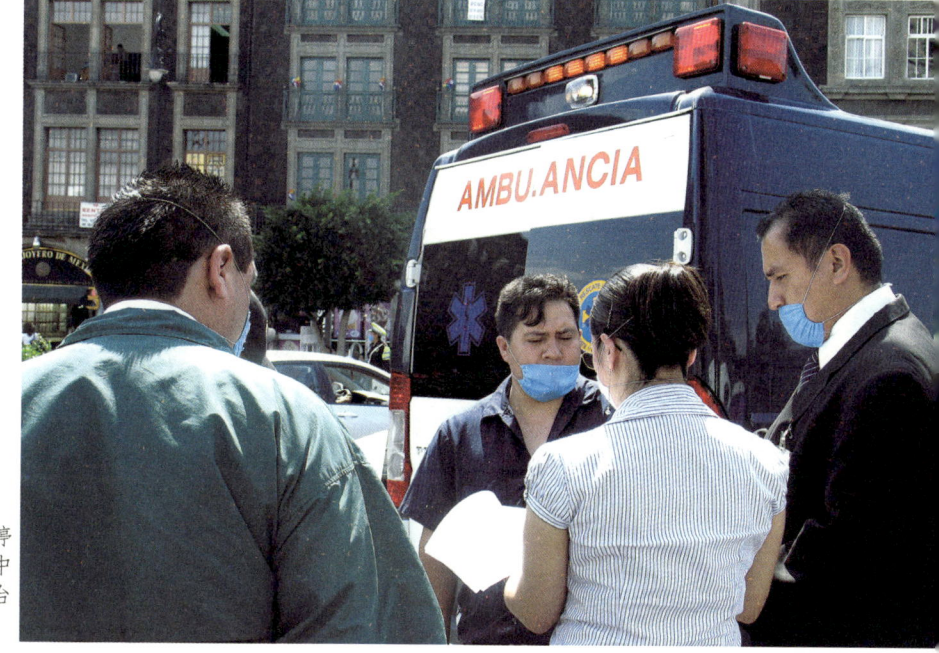

墨西哥城街边停着的救护车。（中国国际广播电台 于昕怡 摄）

昕怡连线（墨西哥城）：口罩迅速脱销

4月下旬，中国国际广播电台驻墨西哥记者于昕怡就已经从美国媒体的网络报道中得知美国发现了几名感染一种新型流感病毒的病例，其中有人近期到过墨西哥。然而，当时的昕怡对此并未在意。

4月23日（墨西哥时间）这天本是世界读书日，墨西哥城市中心的改革大道举办了书市，当天的图书馆也成了最热闹的地方。可是谁也没想到，第二天图书馆就被命令大门紧闭。

2003年，昕怡曾在北京经历了"非典"的全过程，六年之后，在太平洋的另一端，她是处于疫区中心为数不多的中国记者之一。作为一名职业新闻人，她抛

当流感来袭
疫情第一现场目击实录

开了自身的安危,立刻与《人民日报》驻墨西哥站记者王新萍通了电话,决定一起开车上街了解情况。

也许是运气不够好,在4月25日、26日(墨西哥时间)两天,他们始终没有碰上发口罩的墨西哥士兵和医护人员,直到26日中午走访药店的时候,他们才被告知口罩早已脱销。所幸王新萍从家里找出两个不知道是否已经过了保质期的一次性口罩,这两个珍贵的口罩陪伴了他们好几天。每天回到家,昕怡都小心翼翼地将沾了不少汗水的口罩晾起来,等待下一次出门再用。

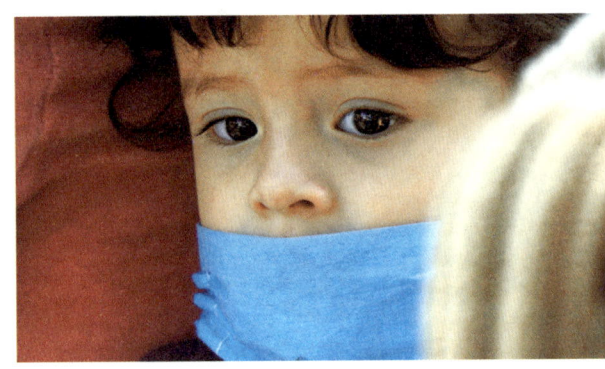

4月26日,墨西哥城,一名小女孩戴着口罩。(网友 CCLL的百度空间)

文君直击:流感"占领"各大媒体

程文君是拉美分社仅有的几名中国员工之一,每天早晨到办公室做的第一件事情就是从报刊架上抽出《改革报》仔细阅读。从4月23日(墨西哥时间)开始,她在报纸上所见到的几乎都是关于"猪流感"疫情的消息,她的心情越来越沉重。

墨西哥政府正式公布疫情的当天,分社社长吴永恒就过来拍了拍她的头,笑容复杂地说:"小丫头别出门啦,小心流感。"程文君报以一笑,那时她就意识到,其实面对灾难的时候重要的不是灾难有多严重,而是人的信念是否发生改变。

从4月24日直到4月28日(墨西哥时间),程文君与副社长曾平乘坐墨西哥航空公司AM098航班回国。在这短短五天的时间里,流感疫情的发展状况和政府的各项措施一直占据着墨西哥各大报刊的头版头条,成为民众关心的焦点,电台、电视台都在播放相关的新闻。在分社里,每位工作人员都在密切关注着事态的发展，无论是中国人还是墨西哥当地人，每天大家见面的时候，总要问候对方一声：还好吗？得到了肯定的答案后，双方都松了口气，然后再讨论别的事情。

这一刻，每个人的心头多了一份牵挂。

相关链接

【什么是流感，流感病毒有哪些？】

流行性感冒（Influenza，简称流感）是流感病毒引起的急性呼吸道感染，也是一种传染性强、传播速度快的疾病，主要通过空气中的飞沫、人与人之间的接触或与被污染物品的接触传播。

典型症状：

1. 起病急骤，畏寒、发热，体温在数小时至24小时内升达39℃～40℃甚至更高，伴头痛，全身酸痛，乏力，食欲减退；呼吸道症状较轻，咽干、喉痛、干咳，或有腹泻。

2. 颜面潮红，眼结膜充血，咽部充血，软腭上有滤泡。

病毒类型：

该病系流感病毒引起，病毒属正黏病毒科，直径80~120nm，球形或丝状。流感病毒可分为甲（A）、乙（B）、丙（C）三型。

甲型：最常见，可广泛流行及人畜共患。该病毒经常发生抗原变异，传染性大，传播迅速，易发生大范围流行。例如1997年在香港肆虐的禽流感，以致政府须屠宰150万只鸡。甲（A）型病毒可再分为甲（A）1、甲（A）2型，并按结构再划分，例如甲（A）型H5N1毒株（香港禽流感病毒）、A型H3N2（1995年在武汉发生）、甲（A）型H1N1（1995年在德国发生）等。病毒因不定时的基因突变而衍生新种类。

乙型：也会流行，症状较甲型轻，无再分亚型。

丙型：主要以散发病例出现，无再分亚型。

H、N含义：

流感病毒有一层脂质囊膜，膜上有蛋白质，是由血凝素（H）和神经氨酸酶（N）组成，均具有抗原性。甲型流感病毒变异是常见的自然现象，主要是H和N的变异。

一般感染人类的流感病毒的血凝素有H1、H2和H3三种。H4至H14则只会感染人类以外的其他动物，如鸡、猪及鸟类。N只有N1及N2两种。

当流感来袭
疫情第一现场目击实录

【甲型H1N1的含义】

甲型H1N1流感的攻击力最强，也最常见。

甲型流感病毒根据表面密布的两种蛋白质——血细胞凝集素（H）和神经氨酸酶（N）分为不同的亚型，H有16种，N有9种。二者组合不同，病毒毒性和传播速度也不同。

种类多样的甲型流感病毒可以由野生动物传给家畜家禽等，在鸡、鸭、猪等身上广泛传播。通常，人们把多在猪群中发病的流感称作猪流感，多在禽类中发病的称作禽流感，而人类常患的季节性流感称作人流感。

不同的流感病毒在不同的生物体内发作造成的后果也各有不同，另外，有的亚型病毒可同时感染不同的生物体。比如，甲型流感最常见的是H1N1亚型，但人有时也会感染H1N1亚型，严重的还会出现肺炎，甚至导致死亡。H5N1亚型流感病毒主要传染鸡等禽类，被称作禽流感。这种病毒肆虐全球多个国家，并且由染病的鸡等禽类传染到人。

（腾讯网《科普：流感病毒》）

【"猪流感"：甲型H1N1流感】

所谓甲型H1N1流感又称为A（H1N1）型流感，人感染"猪流感"。2009年4月30日，世界卫生组织、联合国粮农组织和世界动物卫生组织宣布，一致同意使用A（H1N1）型流感指代当时疫情，并不再使用"猪流感"一词。中国卫生部门则相继将原人感染"猪流感"改称为甲型H1N1流感。

香港大学微生物系教授管轶称该病毒是"比人类更智慧的病毒"。据他介绍，该病毒应该是由1918年肆虐欧洲、导致上千万人死亡的"西班牙流感"H1N1病毒变异而来。H1N1病毒在西班牙大流行后留在人和猪的身上，先后顺序未有定论，但两种病毒是"孪生兄弟"。

1957年"亚洲流感"爆发，人体中的H1N1病毒被H2N2病毒取代。1968年香港爆发流感，人体中的H2N2病毒被H3N2亚型流感病毒取代。但猪身上的遗留病毒始终处于潜伏期，即H1N1。不过很少发生人、猪交叉感染情况，但也不排除这种可能性。1976年2月，美国新泽西州迪克斯堡新兵营中发生了一起猪（H1N1）亚型毒株引起的流感事件，约200余人被感染，一人死亡。此外，猪中也出现过H3N2病毒。

1979年，禽的H1N1病毒也传染过欧洲的猪，引起"猪流感"爆发。80年代，人的H3N2病毒与这种带有禽基因的H1N1病毒在欧洲杂交，并在猪中进行传播。

专家们认为：正在爆发的"猪流感"病毒H1N1，携带有H1N1亚型"猪流感"病毒毒株，包含有禽流感、"猪流感"和人流感三种流感病毒的脱氧核糖核酸基因片断，同时拥有亚洲"猪流感"和非洲"猪流感"病毒特征。也就是说，本次甲型H1N1流感的特点是禽、猪、人流感"三合一"。

第一章
潜伏：来自墨西哥的流感风暴

【甲型H1N1流感临床表现】

甲型H1N1流感的早期症状与普通人流感相似，包括发热、咳嗽、喉痛、身体疼痛、头痛、发冷和疲劳等，有些还会出现腹泻或呕吐、肌肉痛或疲倦、眼睛发红等。部分患者病情可迅速进展，来势凶猛、突然高热、体温超过39℃，甚至继发严重肺炎、急性呼吸窘迫综合征、肺出血、胸腔积液、全血细胞减少、肾功能衰竭、败血症、休克及Reye综合征、呼吸衰竭及多器官损伤，最后导致死亡。它的潜伏期一般为1~7天，较流感、禽流感潜伏期长。

专家称，如果感冒患者出现呼吸加快、憋气等症状，建议到医院进行检查。另外，儿童感冒患者如果出现呼吸急促、缺氧等症状也要及时就诊。

最危险的时段，最前沿直击"猪流感"

第一次世界大战刚刚结束，一场席卷全球的惊天浩劫"西班牙流感"于1918年爆发了，这场流感导致数千万人死亡。现年100岁的美国老妇人罗伊·布拉斯威尔是那次流感的幸存者，当时她只有9岁。

"我知道那是种坏感觉，因为我得过。它令你头疼，令你什么事都不知道。"

时隔91年，2009年4月23日（墨西哥时间），住在墨西哥城的当地人莫伊塞斯·博尼拉感到浑身无力，肺快要炸了，喉咙几乎要堵上。晚上看完墨西哥政府通报疫情的电视新闻之后，莫伊塞斯出了一身冷汗，急忙赶到医院，被医生和护士迅速推进急救室。第二天早晨，在他旁边病床上的女子被医生戴上了呼吸机，大概过了半个小时，这位女病人的尸体被推走了。

在那一瞬间，莫伊塞斯似乎看到死神与自己近在咫尺。后来回想起当时的情景，他确信："如果有人敢质疑它的严重性，我要告诉他，那真的非常可怕、非常危险。"

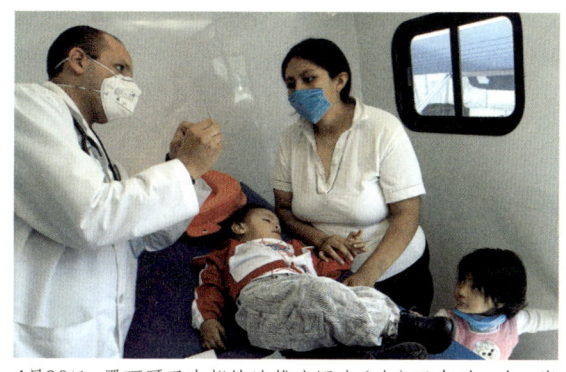

4月30日，墨西哥卫生部的法维安医生（左）正在对一名一岁儿童乌利塞斯·加布里埃尔进行甲型H1N1流感病毒的快速检测。（新华社 戴维 摄）

当流感来袭
疫情第一现场目击实录

曾平观察：致命的隐藏

星期六上午（4月25日，墨西哥时间），曾平正站在窗边喝茶读报，楼下传来一阵急促的声音，一辆救护车就停在办公楼下。

分社里的人汗毛顿时竖了起来，值班的员工都围到窗前向下望去，只见救护车上跳下好几个医护人员，将楼下一个盘坐在那里的流浪汉抬起来放到担架上抬上车，之后车急匆匆地开走了。

曾平无法确认那个被抬走的流浪汉是否就是甲型H1N1流感病人，但他可以清楚地感受到，这个可致命的病很可能就在自己的身边潜伏。

老吴实录：疫情近在咫尺

一波未平一波又起，在拉美分社楼下"救护车风云"所带来的阴影尚未消散时，又发生了一件事情。这天的早晨清新而舒适，分社里的工作人员大部分都到齐了，彼此互道平安之后都回到了自己的岗位上。

就在这时，一位墨西哥雇员戴着口罩急匆匆地走了进来，进入老吴的办公室，紧张又神秘地小声说："坏事了！"

"怎么了？有什么事吗？"老吴也猛然紧张起来，似乎感觉到好像跟这次流感疫情有关。

原来这位雇员女儿的表弟有一个同学出现流感症状，他们非常紧张，因为女儿的表弟曾经到家中来过，尽管女儿现在不在家，在外婆那里居住，可是他和他的妻子都接触过这个小外甥，这令他感到非常害怕。

两天之后，墨西哥雇员又笑着告诉老吴，原来都是一场误会，小外甥那个患病的同学只是普通感冒。话虽如此，但老吴能清楚地感受到，墨西哥雇员这几天的神经都是紧绷着的。

其实，像分社雇员这样紧张的墨西哥人不在少数，老吴每天坐在电视机前，都能看到画面中人们写满焦急的脸和医院里人山人海的情景。很多家长带孩子去医院看病，有些虽然只是普通感冒，大人却满脸惶恐。小孩子也比较害怕，因为他们不懂得究竟发生了什么，听到大人们的谈论，学校也停课了，他们会有些

第一章

潜伏：来自墨西哥的流感风暴

不知所措。墨西哥的孩子平时一般都是在街上跑来跑去地玩耍，而疫情发生之后，他们被家长留在家中，不许出门，更加剧了他们的恐慌。

看到这些情景，老吴忍不住感叹："墨西哥政府开始防治流感疫情有一个过程，3月份发现个别案例，但因为一般性春季流感在这个季节也有发生，历年都会出现，所以开始没有注意到，做出明确诊断，很多人认为是季节性流感，会当做一般流感处理。另外，患者本人也没有到医院去，失去了最佳的治疗时间，所以有些人的病情发现比较晚。"

人们很显然忽略了这次疫情的严重性，谁也没有想到看似普通的流感，竟会引起如此大的风波。大概是时间太过久远，所以人们记不起"黑色的"1918年。所以，当美国公布新型流感——甲型H1N1出现时，墨西哥才全民动员起来，一切都显得那样被动。

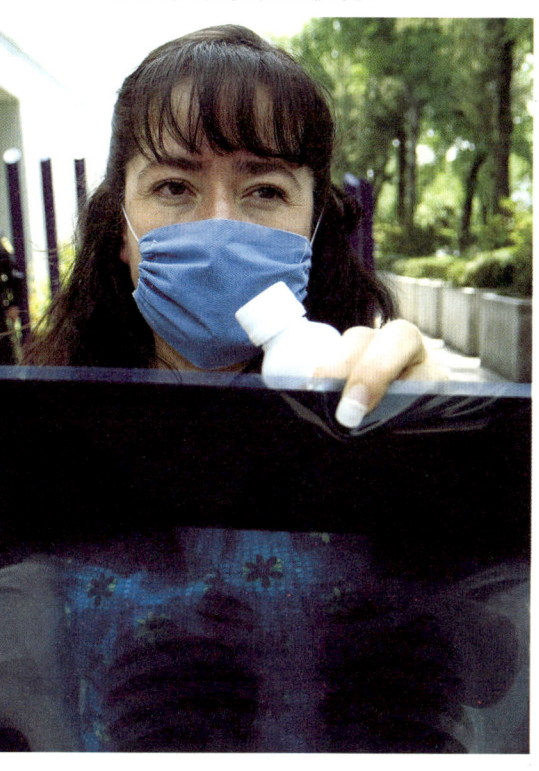

4月26日，墨西哥城45岁的玛丽亚接受检查后被认为有可能是甲型H1N1流感病毒携带者。（新华社 戴维 摄）

相关链接

【甲型H1N1病毒存活率】

北京协和医学院校长助理、流行病学专家黄建始教授解释说，甲型H1N1流感病毒在空气中存活时间大约为2小时，它是患有"猪流感"的病人通过呼吸道传播出去的，例如打喷嚏、咳嗽、唾液飞溅等；也可通过皮肤接触传播，例如患病者的病毒沾染到手部，通过手触传播到其他物体或生物体上。

有关专家称该流感疫情具有新发传染病的典型特征——爆发猛、毒力强,一旦直接进入人际传播,就会构成高风险疫情,但随着时间的推移,病毒感染率和毒性会下降。

民间有种说法是"病毒比人类更具有智慧",它知道怎么寻找宿主,以满足自身种群的生存,但人类同样应当做好抵御准备,有效的抗争比坐以待毙更为明智。

【人类历史上最严重的几次流感】

1. 公元前412年

早在公元前412年,"现代医学之父"——古希腊的希波克拉底就已经记述了类似流感的症状。但直到1580年,菲利浦二世统治西班牙期间,才有明确的流感大流行的记录。

2. 1580年

对流感大流行最早的详尽描述是1580年。这一年,数月之间,罗马便死亡9000人,马德里变成了一座荒无人烟的空城,意大利、西班牙增加了几十万座新坟。当时的人们把流感称为"闪电般的瘟神"。很多科学家认为,菲利浦国王的军队将流感病毒带到了欧洲其他国家。

3. 1658年

在整个17世纪,世界上出现了3次流感大爆发。1658年,意大利威尼斯城的一次流感大流行使6万人死亡,惊慌的人们认为这是上帝的惩罚,所以将这种病命名为"Influenza",意即"魔鬼"。今天,虽然科学已经证明流感是病毒感染所致,但这个名称却一直沿用了下来。

当时,尽管医生们全力以赴,但因为他们对流感知之甚少,所以并没能有效地阻止流感的爆发。

4. 1837年

此后,由于城市不断扩大,人与人之间的交往日益频繁,流感爆发持续到19世纪。1742~1743年,由流行性感冒引起的流行病曾影响90%的东欧人。

1837年1月,在欧洲爆发的流感非常严重,在柏林,流感造成的死亡人数超过了出生人数;巴塞罗那所有的公共商业活动停止。

5. 1889~1894年

这几年发生的流感席卷了整个西欧,发病广泛,死亡率高,造成严重影响。

6. 1918年

第一次世界大战之后,因战争死亡者达一千多万,成为人类历史上的一场浩劫。然而,在这场浩劫快要结束的时候,一场流感的爆发夺去了2000~4000万人的性命,据称此乃保守估计。据说当时全球17亿人口中,有7亿人发病,这就是20世纪人们闻之色变的西班牙流感,或称1918年流感。

第一章

潜伏：来自墨西哥的流感风暴

西班牙流感并不是从西班牙起源的，它最早出现在美国堪萨斯州的芬斯顿（Funston）军营中（1918年2月），后来流感传到西班牙，总共造成800万西班牙人死亡，因此被称作"西班牙流感"（Spanish Lady）。据说，在这场流感之后，美国人的平均寿命减少了10年。

最新研究表明，西班牙流感病毒其实是禽流感病毒的一种类型，与禽流感H5N1病毒一样，都是先在鸟类身上发生的。

7. 1957年

流感再度在全世界肆虐，它越海跨洋，势不可当。1957年，爆发了亚洲流感（病毒类型H2N2），流感两周后骚扰了亚洲的所有国家，接着又在美洲和欧洲登陆。

科学的进步让科学家很快就能够确定出流感病毒，卫生官员也能够快速做出反应，生产出疫苗，但是，全球仍然有200多万人遭遇厄运。随着科学家对流感研究的深入，全球的疫苗产量也逐日增多。

8. 1968年

1968年7月，由甲型流感病毒（H3N2）所致的香港流感在香港大规模爆发，并引致全球流感大流行。据统计，美国共有3.4万人因感染致死，整个伦敦很多人染病，需要大批志愿者进行护理。

9. 1976年

1976年，驻扎于美国新泽西州福特迪克斯军事基地的一名美军士兵感染"猪流感"致死，很多卫生官员担心"西班牙流感"卷土重来，引发了全国性恐慌。但是，该病毒当时只在美国的猪之间传播，而且也研制出了疫苗，1/4的美国人注射了疫苗，因而并没有爆发大规模疫情。

10. 1977~1978年

1977年1月，俄罗斯流感（病毒类型H1N1）在前苏联出现并流行，1978年1月开始在美国在校学生及征募的新兵中爆发。俄罗斯流感大大不同于以往历发流感，引发此次流感流行的致病病毒为1957年流行的H1N1病毒株的变异体，成年人均为轻微感染，青少年发病率很高。

11. 2003年

自从2003年以来，全球已有400多例禽流感致死的病例。2003年10月底至2004年1月15日，越南发生14例严重呼吸系统疾病患者，其中3例经实验证实感染H5N1，12人死亡。2003年12月10日，韩国爆发禽流感，200多万只鸡和鸭被屠宰掩埋。

【田栓磊：对待甲型H1N1流感慎用板蓝根】

著名中医博士田栓磊认为：目前中西医都没有治疗甲型H1N1流感的特效药物，所以对于甲型H1N1流感应重在预防。昨天晚上随便上网搜索了一下，有一些专家提出了预防方法，其中几乎所有专家都提到了服用中药板蓝根、贯仲、金银花等清热解毒药预防的方法。应用这些中药预

当流感来袭

疫情第一现场目击实录

防甲型H1N1流感有效吗?

对于甲型H1N1流感等传染病,传统中医一般称为时疫、疫疠、瘟病等。这类疾病确实需要应用上述板蓝根、贯仲、金银花等清热解毒药来治疗,这是没错的。但是,人的体质是不一样的,对于身体壮实、偏于阳盛的人来说,服用这些药物是绝对没有问题的。而对于一些体质虚弱的人,特别是表现为身体疲乏无力、畏寒怕冷、容易腹泻等气虚体质和阳虚体质的人,单靠服用中药板蓝根、贯仲、金银花等清热解毒药来预防甲型H1N1流感,不仅不能达到很好的效果,往往还会导致相反的结果。

中医有句名言叫做"正气存内,邪不可干。邪之所凑,其气必虚",其大意就是说:一个人,如果身体的正气强盛(可简单理解为免疫力强),那么再强的外邪(一般指致病因素,如病毒细菌等)都不能侵犯他;而被外邪侵袭的人,他的正气肯定是虚。由此可见,对于虚弱体质的人,预防甲型H1N1流感,不能单纯服用板蓝根等清热解毒药,而应以补气、增强体质为主,可服用中药玉屏风散来补益表气、扶正祛邪。"玉屏风散"是中医预防体虚感冒的专方,主要提升患者的"正气"以抵御外邪,适合健康人和亚健康人。

玉屏风散在药店内有成药出售,可按说明书服用。在家也可自制散剂,非常方便。

1. 直接服用:黄芪、白术、防风的用药比例为2:2:1,10克黄芪、10克白术、5克防风,3味药物共研为细末(药店可以提供研磨服务)为1剂,混合均匀,早晚各1次,温开水送服,1天服完。

2. 煎服:上述药物放入药罐,煎汤剂当茶饮,每日煎1剂,分2~3次服用。

【湿热体质者要慎防流感"火上浇油"】

广东省中医院呼吸内科主任林琳教授在抗"非典"时期曾受邀赴香港治疗患者并获得"抗炎勇士"金质勋章,她认为甲型H1N1流感是以"热毒"为主要特点的疫病,当病毒侵犯到人体时,会产生毒素,出现发烧、咳嗽、全身肌肉或关节酸痛等症状,严重时会呼吸困难,并导致全身脏器功能不全,治疗时应遵循中医"辨证论治"的原则,通过中医药祛湿清热的作用,使毒素通过大小便排出。

她认为,根据中医理论,湿热体质的人感染"热毒"疫病时,反应也比其他类型体质的人要强烈一些。据世卫组织通报,墨西哥患者以青壮年居多,我国香港报告的第一例也是一位25岁的墨西哥青年。对此,林琳分析,和其他人群相比,青壮年热性强,阳气旺盛,遭遇温性病原体,也就更容易出现"火上浇油"的问题。

因此,对接触疫区、经常接触牲口的高危人群,以及湿热体质的人群来说,服用一些清热解毒、祛湿的药物,有助于达到预防患病的作用。

(七河台新闻网 《预防甲型流感先炼"内功"》)

第一章

潜伏：来自墨西哥的流感风暴

祸不单行，两度惊魂

4月25日（墨西哥时间），墨西哥城市长马塞洛·埃夫拉德向全城民众宣布，从即日起墨城所有公共活动十天内全部取消，何时恢复要视疫情的控制情况而定。

本来墨西哥城是2009年国际泳联世界跳水系列赛的最后一站，鉴于当地流感疫情的严重性，国际泳联组委会决定将进行为期2天的墨西哥站比赛，开赛首日罕见地改为闭门举行，不对外开放，只供传媒和运动员进入，而参加世界跳水系列赛的各国队员亦被安排戴上口罩，以预防"猪流感"病毒。

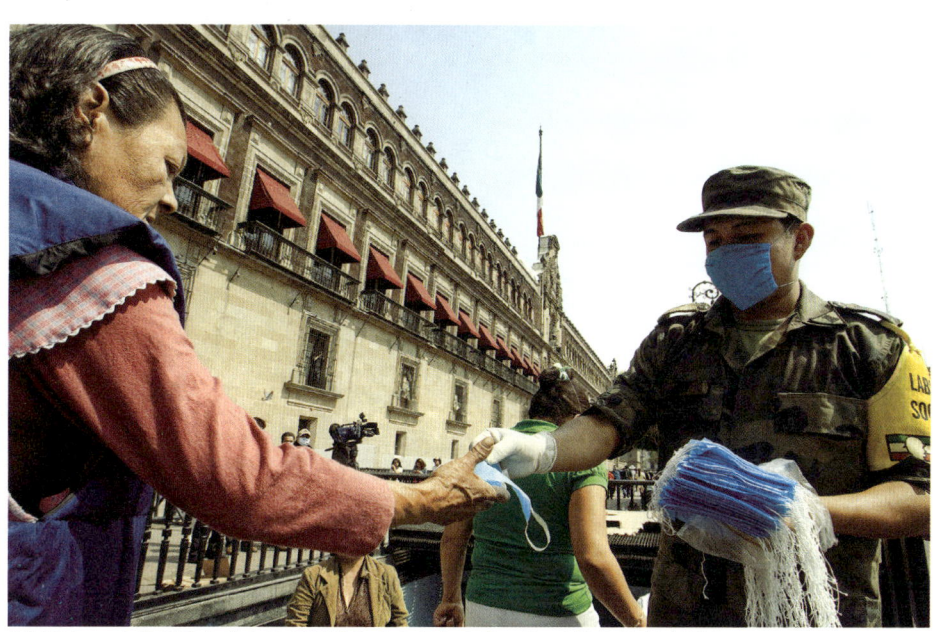

4月25日，一名墨西哥士兵在墨西哥城街头向行人分发口罩。（新华社/法新社）

昕怡连线（墨西哥城）：正午惊魂

忙碌的报道工作让昕怡没有太多时间感到恐慌，但是说不害怕，那是不可能的。

4月27日（墨西哥时间）中午时分，昕怡正坐在电脑前赶稿，突然感到一阵

当流感来袭
疫情第一现场目击实录

眩晕,似乎周围的东西也在晃动。开始她以为是自己疲劳过度所致,但当她看到对面墙上的挂历在晃,并且听到纸张的哗哗声时,才意识到:地震了!

墨西哥是个地震多发国家,但她到墨城以后还没有碰上过地震。她从椅子上弹起,拔腿就往大门跑,跑到门口时房子便不晃了。她定了定神,赶紧回到电脑跟前发出了墨西哥地震的消息。整个下午,她都感到心神不定,难道这就是所谓的祸不单行?她跟人通电话的时候,也总在大客厅里走来走去,神经绷得很紧,一直到晚上才放松下来,安慰自己说:"我买了保险了。"

4月27日,在墨西哥城,一位市民在地震后感到不适。(新华社 戴维 摄)

曾平观察: 6级地震袭击危城

与昕怡一样经历地震惊魂的便是曾平。4月27日(墨西哥时间)午间,他正在办公室里,突然感到六层的办公楼一阵阵摇动,玻璃幕墙吱吱地响,整个人产生眩晕的感觉。

曾平第一反应就是地震了,急忙冲到走廊大声呼喊,叫大家快下楼。

不一会儿,楼下马路边已经站满惊魂未定的人群。曾平立刻拿出相机拍了一些照片,刚好在街上看到了一幕抢救病人的场景。原来有一个人在地震的时候昏

第一章

潜伏：来自墨西哥的流感风暴

倒了，身上并没有外伤，很可能是因为惊吓引起的突发性疾病。这位病患被抬到街上，有人正在给他做人工呼吸，后来救护车赶到，将病人抬走了。

半小时后，根据美国地震台网监测结果，墨西哥当地时间4月27日11点46分发生了里氏6级地震，震中位于墨西哥格雷罗州，在首都墨西哥城以南230公里，墨西哥城有明显震感。这次地震虽然没有人员伤亡，也没有造成直接破坏，却再一次对人们的心灵进行了严峻的考验。

中国人有句俗话说：福无双至，祸不单行。所有身在墨城的中国人皆有这种感觉。

4月27日，在墨西哥首都墨西哥城，人们从高楼中来到户外避险。（新华社 戴维 摄）

相关链接

【流感大流行警告六大级别】

一级：流感病毒在动物间传播，但未出现人感染病例。

二级：流感病毒在动物间传播，这类病毒曾造成人类感染，因此被视为流感流行的潜在威胁。

三级：流感病毒在动物间或人与动物间传播，这类病毒已造成零星或者局部范围的人感染病毒，但未出现人际传播的情况。

四级：流感病毒在人与人之间传播并引发持续性疫情。在这一级别下，流感蔓延风险较上一级别"显著增加"。

五级：同一类型流感病毒在同一地区至少两个国家之间传播，并造成持续性疫情，这意味着大规模流感疫情正在逼近。

六级：同一类流感病毒的人际间传播，发生在两个或者两个以上的地区。这一级别意味着全球性疫情正在蔓延。

当流感来袭
疫情第一现场目击实录

【甲型H1N1流感爱和哪些人"套近乎"】

像手足口病的对象是小孩子一样,甲型H1N1流感也有它的高危人群,这次流感病毒致死的人大多数介于25岁至45岁之间,感染病毒的患者也以青壮年为主,老人和孩子反而不是主要的受害人群。按常人的理解,青壮年身体的免疫能力要比老年人和孩子强些,对病毒的抵抗能力似乎也相应强些才对,为何反而更容易受感染?

墨西哥有关政府官员表示,这可能与不少青壮年自恃身体健康,没及时打流感疫苗有关。对此,广州中医药大学第一附属医院呼吸科主任孙志佳教授指出,青壮年临床表现明显,可能也与这一群体的机体免疫机能强,对病毒的识别反应快,身体在受病毒感染后易诱发强烈的免疫反应有关。他解释说,免疫应答过于强烈更容易给机体带来伤害,通俗点讲有些类似于"防卫过当",虽是出于自我保护的目的,却因反应过激,在与入侵病毒猛烈"搏斗"的同时也让自己的身体更受伤,反映在临床上,病症更为明显。

相比之下,孩子和老人的反应就不是那么明显,因为孩子的免疫系统尚未发育成熟,而老人的免疫系统则已经开始衰退了,因此即使同样受到病毒的攻击,这两类人群的免疫应答就要比青壮年显得弱,临床症状反而不明显。但这并不等于这两类人没受到病毒的侵害,只是病毒与身体没太过激烈的"搏斗",症状自然也不明显。而传染病是有季节性的,过一段时间后,这些未能在老人和孩子体内掀起"大风浪"的残存病毒有可能通过某种方式被身体清除掉。

(新浪网《"猪流感"或比禽流感更可怕》)

【甲型H1N1流感流行持续时间及高峰期】

甲型H1N1流感可能会持续很长时间。历次流感大流行在没有特殊围堵策略下都持续至少1年以上,现在对流感大流行实行围堵策略,会压低流行高峰,但也有可能会拖长流行时间。因此,应做好长期应对的准备。

目前北半球正值初夏,甲型H1N1流感出现反季节流行。随着温度的进一步升高,流感病毒传播可能性会减弱。但当冬季来临时,由于气候干燥、日照时间短,紫外线对流感病毒的杀灭作用降低;另外,人们的户外活动减少,且呼吸道黏膜也比较干燥,人的易感性增强。因此,不排除今冬明春流感病毒加剧传播,达到流行高峰的可能。

【贺晓生:甲型H1N1流感病毒会留存在桌面上】

2003年"非典"肆虐后,人们已经对于预防大规模疫情的蔓延有了一些认识。针对美国和墨西哥爆发的甲型H1N1流感疫情,需要提醒大家:流感爆发后很难防止它蔓延,但常识可以帮助个人提高自我保护。

第一章

潜伏：来自墨西哥的流感风暴

首先的要务是洗手。甲型H1N1流感病毒会通过咳嗽或手接触人体分泌物传染。阻挡人际传染的最直接方法就是：咳嗽或打喷嚏时要遮住，并经常洗手。

咳嗽和打喷嚏可传播流感。而越来越多证据显示，微量病毒可留存在桌面、电话机或其他平面上，再透过手指与眼、鼻、口的接触来传播。尽量不使用公用通讯电话，多人办公室要通风透气，不到人多的场所闲逛，监督每一位外出归来的同事洗手后再办公等。同时，建议大家尽量不要有身体接触，包括握手、亲吻、共餐等，这是阻止病毒广泛传播的好办法。

洗手液也需要仔细选择：以酒精为底的洗手乳或泡沫消毒剂，杀死细菌或病毒的效果也非常好。用消毒水擦拭桌面、用阳光暴晒毛巾等，都可以有效减少传染。

（中国人民解放军第四军医大学第一附属医院神经外科教授贺晓生的博客）

吃饭竟成难事

墨西哥卫生部官员何塞·科尔多瓦于4月25日通报说，截至4月24日晚间，墨西哥共有20人直接因感染"猪流感"病毒死亡，全国疑似病例达4000余人。墨西哥动用大量警力和士兵，从23日开始免费向市民发放600万只口罩，以帮助人们预防"猪流感"，同时在墨西哥城设立了多个防流感信息站，分发宣传手册告诉人们正确的预防措施。但是墨西哥城有2000多万人口，相比而言，600万只一次性口罩根本就是杯水车薪。

4月30日，在墨西哥城，墨卫生部长科尔多瓦在记者招待会上发言。（新华社/法新社）

当流感来袭
疫情第一现场目击实录

曾平观察：连饭也吃不上

4月28日（墨西哥时间），墨西哥城内的餐馆全部停业，更不要说酒吧、歌舞厅等娱乐场所。星级酒店皆要求客人到房间用餐，以减少客人之间的接触。

曾平和程文君正在打包行李，准备乘坐晚上的AM098航班回国。曾平再次来到老吴的住处，与老吴商量归国事宜："吴社长，我看我还是别回去了，让年轻人先走。"

"那怎么行？就算你们留下来也没办法替代我们的工作，听社里的安排，你和程文君先回去。"老吴摆摆手，"我们随后再说，大家分批撤离。"老吴那时根本没想到，AM098竟然成了5月之前墨西哥开往中国境内的最后一班飞机。

"先吃点东西吧，吃饱了再上飞机。"老吴拍了拍曾平的肩膀。

曾平在心中暗暗叹了口气，一想到吃饭问题，就发起愁来。其实疫情本身并没有给他带来太大的精神负担。2003年，曾平在北京和上海两地来回跑，曾经历过"非典"，在上海还被要求在家中自我隔离一段时间，对流行疫病早有了深刻的认识，只要做好个人防护措施，完全可以避免感染。不过现在毕竟身在异国，不像在国内一样底气很足。随着疫情的发展以及政府关闭一些公共场所，情况越来越严重，生活的节奏也日渐错乱。

墨西哥城的餐馆猛然间都不营业了，一些餐厅仅提供外送服务，而中国餐馆则完全销声匿迹。在曾平居所的楼下本来有一家中国餐馆，大家经常会去那里吃

墨西哥街头，招揽生意的小贩。（中国国际广播电台 于昕怡 摄）

第一章

潜伏：来自墨西哥的流感风暴

饭或者订餐，有时候也可以自己烧点饭菜。不过，眼下餐馆突然关闭，之前储备的食物几乎没有了，去哪里吃饭呢？自己走了之后，吴社长他们又该怎么办？

"作为一个在墨西哥的外国人，感觉连饭都吃不上。" 后来回国的曾平曾不止一次感慨当时的窘迫。

一位戴口罩的墨西哥女警在街上执勤。（中国国际广播电台　于昕怡　摄）

昕怡连线（墨西哥城）：空旷街头，艰难度日

墨西哥城是个拥堵的城市，但是从4月23日（墨西哥时间）开始，马路上奇迹般地通畅起来。全国的大中小学及幼儿园全部停课，墨城3.5万家餐饮场所，一部分完全关闭，另一部分只向顾客提供食品外送服务。

昕怡每天都在忙着采访，不过联系城内一些政府部门太困难了。并不是他们不接受采访，而是墨西哥人通常都是11点到1点之间待在办公室里，他们的午饭能从下午1点吃到下午5点，不得不说他们活得甚是舒适慵懒。不过此时此刻偏偏正是中国记者的工作时间。

在吃饭的时候忙碌,昕怡几乎被累垮。一些同行友人的办公机构皆有食堂,只有她自己孤身在外。没有餐厅可以好好地吃一顿,一些地方还叫不到好吃的外卖,而卖中国蔬菜的市场和韩国超市都已经关闭,每天摄入的维生素就依靠记者站附近超市购买的西红柿和生菜,平时就喝牛奶、吃面包,或者以泡面度日,真希望能买到萝卜,煲上一锅排骨汤。

大街上来去无人,超市前排满长队,在墨西哥城到处都能看到这样的情景。超市里的商品每每到了傍晚便被人们一抢而空,抢购热潮此起彼伏。

老吴实录:非常时期非常事

在墨西哥政府没有正式公布流感疫情之前,似乎就有些关于关闭公共场所的消息透露出来,不过这些都是老吴在多天以后听朋友说的。据闻,市政府在决定关闭餐厅之后,餐厅业主协会以及其他一些行业业主强烈反对,认为政府措施是"盲人的棍子"——乱打一气。然而市政府认为人的生命是最重要的,现在关键是保证公民的生命安全。政府还呼吁各种行业的业主要容忍,对雇员宽容一些。

客观来说,政府的措施的确是正确的,作为一个外国公民,老吴完全能理解,不过仍然感到很困惑。曾平和程文君回国前,他领他们到当地一家五星级宾馆吃饭,但是宾馆连吃的也不提供,营业的时候只是负责把顾客送到客房,餐点也送进客房当中。附近还有一家普通的旅馆,200多间客房只有7间有客人。空荡荡的街头一个小摊子都没有,平时摆在外面的桌子和椅子转眼间消失得无影无踪。

被弄得措手不及,老吴、曾平和程文君都感到"快吃不上饭"了,便立刻去超市购买生活必需品,包括食物在内。只不过,此刻医护用品还是买不到。**曾平和程文君离开时,他们每个人只有两个很薄的口罩,后来老吴告诉他们去准备一些纱布,把纱布垫在口罩里面。这些常识都是"非典"时期积累的,只有达到一定层数的口罩才能真正实现防病菌的效果。**

第一章
潜伏：来自墨西哥的流感风暴

相关链接

【甲型流感、禽流感与普通流感的对比】

	甲型流感	普通流感	禽流感
传播途径	该病毒非常活跃，可由人传染给猪，猪传染给人，也可在人群中传播。人群中传播主要是以感染者的咳嗽和喷嚏为媒介。	人际传播，空气飞沫传播为主。流感患者及隐性感染者为主要传染源。发病后1~7天有传染性，病初2~3天传染性最强。	禽流感病毒迄今只能通过禽传染给人，不能通过人传染给人。
症　状	体温突然升高(>39℃)，肌肉酸痛感明显增强，伴随眩晕、头疼、腹泻、呕吐等症状或其他部分症状。	与人感染甲型H1N1流感后的症状相似。	感染后的症状主要表现为高热、咳嗽、流涕、肌痛等，多数伴有严重的肺炎，严重者心、肾等多种脏器衰竭导致死亡。
病　毒	H1N1	冠状病毒	H5N1
潜伏期	可能在人体潜伏7天后才表现出病症。	流感的潜伏期为1~4天，平均为2天。	潜伏期一般为1~3天，通常在7天以内。
死亡率	死亡率6.77%	可以致死，但死亡率较低。	死亡率达6.77%
易感人群	致死的患者年龄绝大多数在20岁至45岁之间，属于青壮年。	老年人，患有肝脏、肾脏、心脏等慢性病的人群最易感染，以及经常接触流感人群的医护人员、儿童。	在已发现的感染病例中，13岁以下的儿童所占比例较高，病情较重，其属于易感人群。
防治疫苗	人类已研制出的所有流感疫苗都无效，但人感染是可防、可控、可治的。	已研制出可预防流感的疫苗，接种时间多为每年10~11月中旬，每年接种1次。	各国已经在研制预防禽流感的疫苗。

当流感来袭
疫情第一现场目击实录

【"猪流感"并非完全由猪引起】

墨西哥政府称找到了引发此次全球"猪流感"危机的可能源头——一家养猪场。墨西哥最早染病的是一个名叫埃德加·赫尔南德斯的4岁男孩,目前这名男孩已完全康复。

埃德加家住墨西哥东部维拉克鲁斯州的拉格洛尼亚,距离大型养猪场Granjas C arrollde Mexico很近。该家养猪场是美国最大的猪肉生产商和供应商史密斯菲尔德公司的下属企业,饲养着100多万头猪,是世界最大的猪肉生产和加工商之一。但养猪场环境问题相当严重,上空经常笼罩着苍蝇组成的"云团",臭气熏天,最初的病原体就可能产生于这个地方。

世界动物卫生组织总干事贝尔纳·瓦莱特表明,甲型H1N1流感病毒是多种病毒的混合体,而糟糕的自然环境恰是引发流感病毒混合变异的罪魁祸首。目前,甲型H1N1流感大多处于人际传播,并不是完全由猪引起。例如墨西哥一些生活在城市里的人也受到感染,他们与动物并没有直接接触,说明病毒不是从动物直接传播到人身上的。因此,如果要预防这种疾病,只能从人入手,阻止患者与健康人群进行接触。

(新华社)

【钟南山:H1N1是前哨战,SARS是遭遇战】

著名医学专家、中国工程院院士钟南山认为,甲型H1N1流感的毒性并不是特别强,它的发病人数并不是以代数的基数或者几何的基数幅度增长。只是有一些接近它的人,或者到疫区感染上的人存在,因此不完全属于易感性传染疾病。

他说,现在世界卫生组织大力号召各国警惕,及时采用必要的预防措施。SARS是人类的一次遭遇战,一开始连病原都无从查知,而有了抵抗SARS的经验,人类对传染病的认识高度提升,所以对此次"猪流感"的警惕程度明显升级,可以说这次人类正在做一场前哨战,有准备地迎接疾病的进攻。

当此时,中国应当加强自身的防控系统,包括海关、车站、码头防控系统、个人卫生方面的宣传以及公共卫生宣传,另外一个就是药物的准备。

(新浪网)

【世卫组织推荐"六步搓洗法"】

根据世卫组织的指引,正确的洗手过程应包括淋湿双手、搓洗、把手擦干,大约需要40秒。其中搓洗共包括六步,"六步搓洗法"需要大约20秒时间,步骤如下:

第一步,五指并拢,掌心擦掌心;

第二步,手指交错,掌心擦手背;

第一章
潜伏：来自墨西哥的流感风暴

第三步，手指交错，掌心擦掌心；

第四步，两手互握，互擦指背；

第五步，拇指在掌中旋转；

第六步，指尖摩擦掌心。

（《广州日报》）

博友之声

【程鹤麟：甲型流感下的官民众生相】

· 患者的形容

美国一名前往墨西哥度假而染上甲型流感的女患者表示，症状是喉咙很痛、咳嗽、发高烧、身体酸痛、发冷，还会有错觉，感觉像被卡车撞到。

不知道她为什么这样描述自己的症状，难道她曾被卡车撞过，抑或她是急症室的外科医生，常常接诊被卡车撞到的伤患？

想起小时候听女同学说啤酒很难喝，"像马尿"，当时心里非常疑惑，她什么时候喝过马尿呢？

· 宁可错杀三千

英国境内发现了5名甲型流感患者，当局立即下令购买3200万个口罩，以防不测。说来也不算多，英国全国人口大约6000万左右，3200个口罩只够一半人用一次。

美国总统奥巴马宣称，该国的13.2万所中小学可能会暂时关门。

很多国家放弃了传统的"亲脸礼"，甲型流感传播，礼不礼的以后再说吧。

· 猪的不白之冤

并无证据表明，猪在传播甲型流感时扮演了任何角色，但甲型流感曾被草率地称为"猪流感"，害得大家以为是猪惹的祸。中国农业部一位副部长因此说，猪这回蒙受了"不白之冤"。

据说世界上有17个国家和地区临时禁止吃猪肉。台湾"卫生署署长"叶金川说：只好说这些国家的卫生官员太不专业。

埃及当局竟然下令屠宰境内饲养的全部30万头生猪。

当流感来袭
疫情第一现场目击实录

· 航空公司：戴不戴口罩？

有台湾空姐向媒体投诉，她所在的台湾一家航空公司不准空服员戴口罩。该航空公司发言人称：并无这种硬性规定，空服员应根据自己的情况决定戴不戴口罩。经媒体追问，他说如果空服员身体有不适，就该戴口罩——你身体好好的就不必戴口罩了，免得给乘客带来不快；但你身体不适就该戴口罩，免得把病传染给乘客。

· 香港：误入酒店，"被关"后溜人

香港发现第一例甲型流感病例后，这个墨西哥病人入住过的湾仔维景酒店被封锁，所有住客都被禁足，不准走出酒店，观察七天再说。

有一位台湾旅客，在病人被发现之后第二天误入酒店，也被"关了禁闭"。被"关"旅客表示：好无聊噢。

但星期天（5月3日）早晨有消息说，当局发现，约有50名旅客逃走了，其中有两位旅客连行李都不要就溜了。

（新浪博客 程鹤麟）

第二章
爆发：
人心没有沦陷

充满着欢乐与斗争精神的人们，
永远带着欢乐，欢迎雷霆与阳光。

——（英国）赫胥黎

当流感来袭
疫情第一现场目击实录

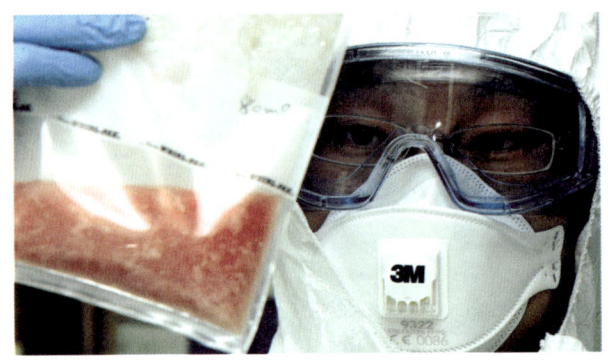

  5月初，人感染"猪流感"的疫情不断扩大，已成为全球高度关注的公共卫生事件。世卫组织于4月29日将流感大流行警告级别提高到5级，这意味着人与人之间传染在同一地区蔓延到至少两国，强烈显示即将发生大流行……

——题记

第二章

爆发：人心没有沦陷

流感大风暴，令人想起当年的SARS

4月24日（本节均为墨西哥时间），人们跑遍了墨西哥城内的药店，几乎所有地方的口罩都卖光了，即使还有，一转眼就被抢购一空。

4月24日晚，墨西哥共有20人直接因感染"猪流感"病毒死亡，全国疑似病例达4000余例。

4月27日，疫情继续发展，已经夺去许多墨西哥人的生命，并且继续向全世界传播。

从政府正式公布流感疫情开始，墨城各大医院24小时全天候开放，并设立了流感病人隔离区。

身在墨西哥城的当地人乔治曾努力为自己、妻子以及两个孩子购买口罩，但一个都没有买到，早在24日的时候就已经没有口罩了。他很担心，希望政府能够接受建议采取一些措施，却没有看到政府向市民们提出任何建议，也没有告诉他们到哪里能领到口罩。乔治一家皆待在家中，自行采取普通的防护措施，比如避免与外界联系、小心翼翼地前往超市购买日常所需、取消不必要的拜访和旅行。可他们还是不放心，对自己的处境感到很不妙。

4月24日，在墨西哥城的一家健康中心，人们戴上口罩防止感染流感病毒。（新华社/法新社）

当流感来袭
疫情第一现场目击实录

老吴实录：拉美分社最后留守的中国人

像乔治这样的墨西哥家庭到处都是，不过作为留在墨西哥的外国人老吴，却并没有因为同事回国、孤军奋战而变得惴惴不安，反而找到了当年抗击SARS的感觉。老吴经历了两次疫病的最艰难时期，"非典"发生时他正在北京，而这次他也是《今日中国》拉美分社留守到最后的中国人。

"**其实中国人比较踏实，2003年，当我们走在街上看到有一个人在咳嗽的时候，躲远一些就可以。而且国家和政府下了相当大的力度来防控，解放军能够在很短时间内建一座小汤山医院，仿佛'神兵天降'**。那时每当有新病例出现，国家会迅速做出应对，所以大家的心里有底，或许那时人与人之间总有尽量躲远一点的想法，却没有感到大难临头。"

在墨西哥这块土地上，政府的防控措施并不如当年在北京那样完备。当地政府在机场、地铁等公共交通场所会做一些消毒之类的预防工作。不过，居所稍微偏远一点，可能就脱离了政府可防控的范围，此时大家只有靠自我保护。

4月25日，在墨西哥首都墨西哥城的繁华地区，游客戴着口罩用餐、饮酒。（新华社 戴维 摄）

不过疫病并不是不可阻挡的，有了前车之鉴，就能够有效地防止灾厄降临，人们的心灵也会变得更加坚强。在墨西哥的每一个中国人，几乎都抱着这种想法抵御"隐形的敌人"。

相关链接

【甲型H1N1流感 VS SARS】

甲型H1N1流感同SARS不同，病死率相对较低，它是可防可控可治的。

SARS和甲型H1N1流感都是病毒性的急性传染病，都会引起肺炎或重症肺炎，都是人与动物之间的交互传染病，主要通过呼吸道传染。不过流感（包括甲型H1N1流感）的一个重要特征

第二章

爆发：人心没有沦陷

就是有大量隐性感染者，即感染了流感病毒却不发病，但同样具有传染力。

其次，一般病原体出现后，会有两种不同模式的传播方式。第一种是暴发初期呈现毒力大、病死率高情况，但是随着病毒流行，病毒毒力反而下降，SARS属于这类病毒传播方式。另一种病毒会随着扩散，毒性增强，1918年西班牙流感大爆发就属这一类。而甲型H1N1流感究竟会以何种传播面目出现，目前还不得而知。

再者，SARS爆发初期很难找到有效药物，因为它是全新病毒。而眼下爆发的甲型H1N1流感病毒是原始流感病毒的变异种类，目前有达菲和瑞乐沙两种药可以治疗。

据当前情况看来，甲型H1N1流感的死亡率要远远低于SARS。

【如何预防"猪流感"】

1. 天气因素

世界气象组织称，气候因素可能影响到病毒疫情。江苏省疾控中心祁贤博士表示：流感对温度非常敏感的，在温度70℃以上时，流感病毒无法存活。实验研究证明，流感病毒在夏天的空气里存活的时间较短，过高的室外气温会引发病毒快速死亡，大大减少其继续传播的可能性。

2. 个人卫生

预防甲型H1N1流感的方法与预防SARS等疫病的方法大同小异，关键在于少扎堆，少集会，注意个人卫生。

首先，一旦出现疫情，市民避免接触流感样症状（发热、咳嗽、流涕等）或肺炎等呼吸道病人。其次，注意个人卫生，经常使用肥皂和清水洗手，尤其在咳嗽或打喷嚏后；避免前往人群拥挤场所；咳嗽或打喷嚏时用纸巾遮住口鼻，然后将纸巾丢进垃圾桶。最后，如在境外出现流感样症状（发热、咳嗽、流涕等），应立即就医（就医时应戴口罩），并向当地公共卫生机构和检验检疫部门说明。

其实拥有一个健康的身体，比任何补救性的防疫措施都重要。保证睡眠质量与时间；保持自身与周围环境的清洁，居室勤通风换气，衣被多晾晒；经常做运动；少喝酒抽烟，多喝水利排毒，少吃生食，少亲吻，少共餐等。这些都有助于维持身体正常免疫力，可以大大降低自身的感染几率。

3. 检疫部门

在发现第一例甲型H1N1流感病例后一定要立即采取全面有效的措施，全面制止病毒进一步蔓延。防疫部门进行流行病医学调查包括：病例基本情况、居住地及家庭背景、发病和就诊经过、临床表现、实验室检查、诊断和转归情况、暴露史、旅行史、密切接触者的具体情况等。如果第一例处理好的话，传染性的疾病是可以控制的。这是SARS带给人们的教训。

当流感来袭
疫情第一现场目击实录

【如果家庭成员患了甲型H1N1流感，家里如何消毒】

根据家用消毒品的产品说明，用家居消毒品定期擦拭物体表面（特别是盥洗室、门把手、玩具等）。病人使用的碗、筷需要开水煮沸消毒，衣被放到阳光下晾晒。

【人也会感染猪】

加拿大有关部门在西部艾伯塔省一个养猪场内大约220头猪身上检测出甲型H1N1流感病毒，这是世界上首次发现猪被这种新病毒感染。加拿大方面称，这些猪有可能是被一名确诊感染甲型H1N1流感病毒的猪场工人传染患病的。加拿大食品检验局执行副局长埃文斯说，目前这名工人已经痊愈，患病的猪也在逐渐好转，并已被隔离起来。他还特别指出："被甲型H1N1流感病毒感染的这些猪将病毒再传染给人的可能性微乎其微。"世卫组织则于5月3日发表声明称，目前无迹象显示在加拿大发生猪感染情况后甲型H1N1病毒发生了变异。

（中国国际广播电台）

畅通的街头，压抑的心情

4月27日，美国境内一名23个月大的墨西哥籍幼儿死于甲型H1N1流感，美国成为墨西哥之后第二个发现有人死于甲型H1N1流感的国家。

美国总统奥巴马于当天在美国国家科学院年会上发表演说，美国政府正密切监视国内的甲型H1N1流感病例，对甲型H1N1流感需要高度警惕，但却没理由惊慌，美国有足够的资源对甲型H1N1流感作出迅速、有效的反应。美国卫生与公众服务部以及疾病控制和预防中心也会及时向公众公布相关信息，告知公众该如何做。

27日时，美国的甲型H1N1流感确诊患者人数已上升到40人，联邦政府已开始向各州发放抗流感药物用于抗击甲型H1N1流感疫情。

与此同时，墨西哥政府则称从4月25日（墨西哥时间）开始的未来48小时内，疫情并没有扩大。

第二章

爆发：人心没有沦陷

文君直击：疫情中的假日后花园

墨西哥城看似安然，不过4月27日（墨西哥时间）明明是星期一，本应该被堵得水泄不通的街道上如今只有偶尔驶过的汽车，大多数墨西哥人都选择留在家中，街上静得听得见鸟叫。

《今日中国》拉美分社的办公室位于市中心华莱士区，邻近一条主要的大道——起义者大道平日里繁华无比，现在较以往安静了很多。教堂、博物馆、音乐厅、图书馆、动物园、游乐场等场所静悄悄的，只有公园还可以进出。

路边报摊、擦皮鞋的小铺子、小零食摊和一些卖墨西哥传统食物"塔哥"的小摊子依旧在营业，却少有人光顾了，戴着口罩的摊主面无表情地打量着行人。我们走进一家报亭，看到摆在最醒目位置的《每日报》、《宇宙报》、《改革报》、《墨西哥太阳报》等都在大幅报道流感疫情。大型商场照常营业，而餐馆则根据政府指示都已关门，只有其中的极少数还提供些外带食品。没有地方吃饭，街边的超市成了很多人买些便利食品充饥的去处。

傍晚时分，曾平和程文君一直走到了宪法广场。宪法广场又名中央广场或索卡洛广场。听墨西哥当地人说，广场附近的步行街是平日里喧嚣热闹的场所，也是当地人和外国游客最爱去的购物场所。这里一条条街道星罗棋布，数不尽的服装专卖店、手工艺品店、首饰店散落在每条街的两边。如今两人行走在青石铺砌的步行街上，只能通过观看两侧商店标出的名目各异的商店名称，体会广场之

5月3日，在墨西哥城，一名女子戴着口罩坐在路边。（新华社/法新社）

当流感来袭
疫情第一现场目击实录

前的繁华。

作为流感疫情的"重灾区",墨西哥城蒙受了很大的经济损失,而墨西哥经济在这次流感前就已经衰退了,现在无疑是雪上加霜。当地电台曾做过几期相关节目讨论墨西哥城的经济状况。由于关闭了大部分餐饮场所和娱乐场所,墨西哥城服务业每天的损失约有1亿美元。而作为美国人度假的"后花园",墨西哥的旅游业也受到了打击,旅游业产值占墨西哥GDP比重8%。

在中央广场边拉美最大的天主教教堂门口,文君看见一位布道者正戴着口罩滔滔不绝地对他的听众说着什么,她走近想要看看是怎么回事。不过广场周围的国家宫、教堂、市政厅都已不让参观,她和曾平也只能望之兴叹了。

网上曾有人用中文报道墨西哥城像是一座死城。一些墨西哥人也认为流感的死亡率和患病人数要比政府公布的数据高得多。不过,**在墨西哥人看来,生活还是很重要的,不管是悲观还是乐观,对于喜欢热闹的他们来说,最让他们烦恼的反而不是疾病,而是没有了音乐会、节日庆典等活动,少了消遣娱乐的好地方。**

老吴实录: 冷清的街道, 压抑的心情

4月28日晚上(墨西哥时间),曾平和程文君乘飞机离开墨西哥,墨西哥似乎变得更加安静。老吴坚守在墨西哥城里,尽管城里很多行业都已关闭和停业,他还是会坚持上班。不过墨西哥城还是空荡荡,六车道的大街上,平时红灯的时候,停留车辆有120多辆,现在也就只有六七辆,这种情形只有在每年的12月25日和1月1日才会出现。

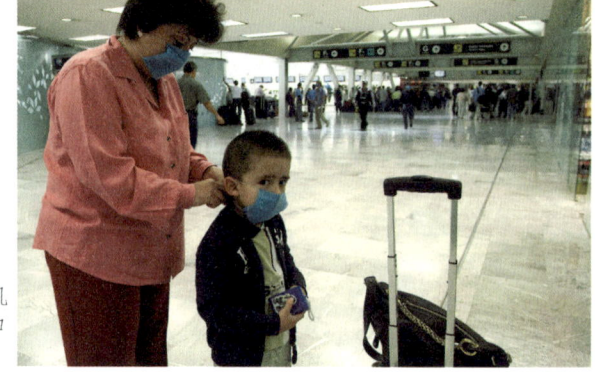

4月27日,在墨西哥城的机场,一位母亲为孩子戴上口罩。(新华社 戴维 摄)

第二章

爆发：人心没有沦陷

每次走到街道上，看到稀疏的车辆和少得可怜的人群，老吴偶尔会忍不住叹气。以前街道上会有很多街头艺人在耍杂技，他们口里嚼着口香糖，托着玩具，等待客人上门。不过，这几天几乎看不到他们的身影。街头偶尔走过的游荡者还是该干什么干什么，不受到政府的约束。小孩子们在街道上跑来跑去，几乎都不戴口罩，看来他们的防护意识还是很差，并没有意识到问题的严重性，只不过有些时候从大人那里接受些恐慌的情绪，一转眼便忘到脑后了。

有时候，大人们真希望被孩子们的无畏和天真感染，信念往往是战胜一切困难的最重要因素。

相关链接

【目前可用的治疗甲型H1N1流感药物】

SARS流行时盛行的板蓝根对甲型H1N1流感是无效的。板蓝根虽然可以调动人体的抗病毒能力，但那是针对非特异性流感。如果周围出现疑似病例后，可在医生指导下选择服用合适的抗病毒药物。另外，目前还有一些注射药物可控选择，如达菲、乐感清、金刚烷胺、金刚乙胺及中草药。

有关专家认为，预防甲型H1N1流感最好不要乱用药，应当采取综合预防措施。另外，不建议健康人群为了预防目的而使用抗病毒药物，因为这会加速病毒耐药性的发展。人们只要保证良好的作息规律和卫生习惯，疫病就是可防、可控、可治的。

【甲型H1N1流感迅速流行，警惕疫情演化成全球性流感】

中国疾病控制预防中心流行病首席科学家曾光教授提醒民众：甲型H1N1流感并非新病毒出现，该流感病毒是一种具有高度传染性的猪的急性呼吸道疾病，病毒最常见的是H1N1亚型，但是也存在其他的亚型（如H1N2，H3N1，H3N2）。通常来说，冬春季节是流感的高发季节。然而此次流感反季节出现，说明它的传播能力非常强。特别是该病毒已经多年没有出现人际传播，因此人体对其免疫力较低，全人群普遍易感。从美国、墨西哥的发病情况看，中青年是易感对象，青少年更是易感人群。

当流感来袭
疫情第一现场目击实录

4月26日,在墨西哥城,一名戴口罩的记者在空空的阿兹台克体育场观看一场"闭门"足球比赛。(新华社/法新社)

第二章

爆发：人心没有沦陷

【防治甲型H1N1流感，戴口罩就能万无一失吗】

"非典"的时候，人们用口罩来保护自己，这次甲型H1N1流感来了，从新闻上看到，疫区的人们几乎"人口一罩"的壮观场面。那么，戴口罩能预防甲型H1N1流感吗？对于这个问题，英国《卫报》的科普消息是这样回答的。

问：戴口罩是预防甲型H1N1流感的好办法吗？

答：除非你自己或者是你亲近的人被怀疑感染上了甲型H1N1流感；否则一个健康的人在不接触感染者的情况下，是不用戴口罩来预防甲型H1N1流感的。

问：戴口罩能防万一吗？

答：戴口罩只能给人们一种虚假的安全感。只有一些流感具有传染性，此时戴口罩才有用。口罩只有在定期更换的情况下才能达到效果，病毒可以通过呼吸而留在口罩上，这更容易让人感染上病毒。而且，戴口罩的人可能不会经常性地洗手。

问：什么样的口罩是最有效的？

答：手术用口罩的设计就不是用来防止病毒的。它们的作用是防止医生身上的病菌传染给病人。按照美国标准和欧洲标准，能阻止病毒的两种口罩分别是FFP3和N95。人们要想正确地戴上这种口罩还应经过一番训练才行。

(《环球时报》)

【如何预防儿童感染甲型H1N1流感】

在流感流行期间，家长尽量不要带儿童去人群聚集、空气不流通的公共场所。儿童要注意手的清洁卫生，经常洗手，不用手揉眼睛和吮吸手指。平常注意儿童饮食和营养。

心灵生活需要的是乐天

墨西哥政府在4月底宣布了一系列措施，包括从5月1日至5月5日（墨西哥时间），除了保持民众生活最基本、最重要的医疗卫生、警察、金融、通信、公共交通、超市、垃圾处理等公众服务行业的正常运转外，暂停其他一切公共事务和经济活动。墨西哥总统卡尔德隆呼吁民众不要把5天临时假期当成休假，举家外出游玩，而要老老实实待在家里，避免出行，以最大限度减少流感病毒的传播。

尽管此刻墨西哥城被一片阴云笼罩，但是天性乐观的墨西哥人并没有被病

第二章

爆发：人心没有沦陷

4月27日，墨西哥街头的铜像都戴上了口罩。（新华社）

毒打倒，他们仍是一副平和的姿态，不乏做出幽默的行为。在网络上不断出现墨西哥城各种有关口罩的趣闻和图片，就连墨西哥城公园和街头的雕像都被人们戴上了口罩。

曾平观察：天生开朗的墨西哥人

墨西哥人比较乐观开放。因为人总是要生活，不管发生怎样的灾难，总是要生活下去。有地方去的人离开了墨西哥，但是大多数人还是要坚守在自己的国家。

离开墨城之前，曾平和程文君曾不止一次到空旷的街头采访。那时政府已经提倡大家见面不要贴脸、握手，但是人与人之间并没有产生很强烈的疏离感，大家依然保持着原有的习俗，甚至公园里有情侣幽默地戴着口罩接吻。附近喷水池中的小铜人也被戏剧性地套上了口罩，空气中的紧张感被这一幽默所打破，见到

当流感来袭
疫情第一现场目击实录

4月25日,墨西哥街头,一对情侣戴着口罩接吻。(新华社)

的人都忍俊不禁。对拉丁人来说,热情相对来说有所收敛,但却无法磨灭。

吴社长曾开玩笑地说,这是拉丁人的天性,他们不知道发愁,尤其是青年人,似乎有些"赤条条来去无牵挂"的情绪。只有真正有家庭的人,才显得比较焦虑。

尽管如此,墨西哥人依然一家大小戴着口罩上街,很多家庭主妇还带着自家的小狗外出散步。

昕怡连线(墨西哥城):心中一片阳光灿烂

人们乐观的心态似乎也感染了孤身独住的国际广播电台记者昕怡。她在街头采访了几个墨西哥人,他们都笑着说流感并不可怕,只要保持勤洗手等良好的生活习惯,就不会感染病毒,相信政府肯定有能力控制疫情。

回到记者站所在的小区,昕怡见到一名戴着口罩的保安鼻子露在外面,她忍不住告诉他这样做根本就没有作用。保安说他觉得戴口罩不透气,但是物业规

第二章

爆发：人心没有沦陷

定必须要戴，言下之意对流感疫情不以为意。在前往市中心一处平时常去的菜市场时，昕怡发现，小贩们基本都没戴口罩。其中，**一个摊主摆出"大力水手"的姿势对她说，身体很强壮，流感没关系。**

4月30日（墨西哥时间）是墨西哥的儿童节，这一天宪法广场上游人颇多。广场周围，擦皮鞋的摊子与往常一样忙碌，小丑、街头乐队继续着表演。游玩的墨西哥人走累了就找一处阴凉地方，一家大小席地而坐，吃着外卖食品，看起来非常开心。虽然疫情尚未结束，但家长们显然不喜欢让孩子憋在家里。

5月1日，擦皮鞋的小贩正在等待生意。（中国国际广播电台 于昕怡 摄）

4月30日，墨城市中心宪法广场来来往往的墨西哥人。（中国国际广播电台 于昕怡 摄）

有些墨西哥人看到昕怡拿着相机，甚至主动上来要求跟她合影，弄得她哭笑不得。

在这种气氛的包围下，昕怡发觉自己突然不紧张了，特别是每天在街头看到人们戴着各式各样的"个性口罩"，更是觉得心情愉快。

口罩本来是简单有效的医护用品。不过这次却被拉丁人用他们特殊的浪漫方式变成了一种街头文化。墨西哥人戴的口罩千姿百态、花样繁多。有的口罩上画着猪鼻子、牙齿、蝴蝶等图案；有的情侣戴上了特制的情侣口罩，上面一个是哀伤的表情，一个是高兴的笑脸。一名妇女在蓝色的口罩上套了个小丑面具，只把眼睛露出来，看上去很好笑。

看来在危难面前，墨西哥人的心依然充满了阳光，正是这种心态赶走了流感疫病的阴霾。

相关链接

【中医专家称"防非"方剂也可防甲型H1N1流感】

"非典"和这次爆发的甲型H1N1流感都是流行病。因此，防"非典"的办法也可以用来防甲型H1N1流感，例如保持个人卫生、勤洗手等。面对来势汹汹的甲型H1N1流感疫情，曾在战胜"非典"时研制出"防非六味汤"的上海部分中医专家认为，"防非"方剂也防甲型H1N1流感，中医药防治简便有效。

1. 扶正祛邪的姜糖水

岳阳医院中西医结合呼吸科黄海茵副主任医师说，中医认为"正气存内，邪不可干"，指在疾病发生过程中，人体自身抗病能力至关重要。中医对提高自身抗病能力有简便措施：每天尽量用冷水洗脸，增强面部皮肤和鼻黏膜对寒冷刺激的适应能力；每晚临睡前用热水泡脚，可促进呼吸道黏膜血液循环，既提高抵御流感能力，还可改善睡眠；每天临睡前和早晨起床前用干毛巾搓背，可通过刺激背部腧穴提高人体抗病能力。

当感觉到怕冷、鼻塞，但嗓子不疼时，可用葱白2寸、生姜5片，加红糖适量煮水喝（煮10分钟左右即可）。喝姜糖水后最好盖好被子卧床发汗，切勿着凉。当出现发热、咳嗽等症状时，应到医院就诊。

2. 用对症方剂保护呼吸道

全国著名中医、曙光医院呼吸科主任医师黄吉赓教授说，曾在"非典"流行期间发挥有效

第二章
爆发：人心没有沦陷

防治作用的中医中药方子，对预防各类呼吸系统疾病同样行之有效。

黄教授认为，服用对症所开的方子可以使患者改善咳嗽、咳痰等上呼吸道症状，另外这类方子本身可以增强人体免疫力，从而减少老年慢性支气管炎等呼吸道疾病的复发。对普通人来讲，增强了免疫力也就减少了感冒和上呼吸道感染的机会，同样具有预防感冒、甲型H1N1流感等各类呼吸系统疾病的作用。

黄教授推荐，预防各类呼吸系统疾病，可服用以下中草药：黄芪、党参、白术、当归、玉竹、麦冬等，它们都具有补肺的作用。

3."防非六味汤"有预防效果

华山医院中西医结合科主任董竟成教授，曾任上海市防治"非典"中医专家咨询组副组长，他认为，甲型H1N1流感同属中医"瘟病"范畴，从中医诊断来说是风热之邪造成。病因为感时邪，病位在肺。

中医预防"非典"曾采用方剂"六味汤"：黄芪15克、白术15克、防风10克、贯众9克、银花9克、陈皮6克。这是一副以清热、解毒、补气为主的预防呼吸道传染病的药方。

但清热解毒药有清热、泻火、解毒的作用，适用于三焦火毒炽盛等症。它的作用一是补气，二是抗病毒。但对于阴虚火旺和湿热重的人，则要慎服。由于这种药性味苦寒，有些正常人服用后也会轻则败胃，重则内伤中阳，特别是老年人和体质虚寒者用药后更会造成胃寒、腹泻、神疲、乏力，反而使人体抗病机能下降。因此，对于阴虚火旺和湿热重的人，需要慎服。

（新华报业网）

【甲型H1N1流感流行时如何选择体育运动方式】

适当的运动有益于提高身体的抵抗力，加强对流感的抵御能力，在甲型H1N1流感流行时，尽量少去封闭的体育馆进行体育锻炼，而要到空气流通比较好的开阔的地点进行适当的体育运动，比如步行、慢跑等。

真心的祈祷与远方的祝福

文君直击：这一刻，被祝福环绕

未归国之前，拉美分社的每个工作人员无论之前经历了多少大风大浪，心中都是没有底的。毕竟每天身处其中，看到的实景和听到的消息都是真实而残酷。不过从4月23日之后，中国外文局的领导、《今日中国》杂志社北京总社的领导和同事们都给拉美分社发来了问候,并且交代分社的所有工作人员将分批回国。

同时,中国驻墨西哥大使馆也给分社打来了电话,代表大使问候工作在墨西哥的记者,提醒大家注意安全,并公布了24小时应急电话。除了不断有问候电话打来,网络上的问候也很多。亲戚朋友得知了墨西哥的疫情后,纷纷发来了问候,即便是只言片语,听起来却令人产生一种别样的滋味。

墨西哥城约有华人1万人,面对这次疫情,除了选择回国,也有一些人开车前往墨西哥南部的州、市暂时避难。剩下的则留守在墨西哥城,除了做好防范工作外,他们还将互相保持联络,有情况及时向当地社团和使馆汇报。

对于墨西哥人来说,死亡也许是他们不会害怕的一个词。程文君曾经在墨西哥驻华使馆参加过一次墨西哥"亡灵节"的传统节日活动。当时,**墨西哥人调侃死亡,拿死亡"寻开心",给她留下过很深的印象**。而这次,在这个乐观向上的国度里,死亡每天都在上演,数以千计的人被隔离。死的那个人也许就是你的亲人、你的朋友,昨天还微笑着打过招呼的人。

国航货运包机紧急执飞中国政府援墨物资运送,并于墨西哥时间5月1日凌晨到达墨西哥城。(中国航空集团网 王泽民 摄)

第二章
爆发：人心没有沦陷

"墨西哥人面对死亡的态度里或许有着与别人一样的恐惧，但是至少墨西哥人从不避讳死亡，他们用耐心、轻蔑和调侃直面死亡。"诺贝尔文学奖获得者、墨西哥著名作家奥克塔维奥·帕斯曾如是说。而作为一个和他们一起经历过这次浩劫的人，在大洋彼岸的文君唯有默默地祝福和祈祷。

4月28日（墨西哥时间），文君与曾平成了拉美分社第一批回国的工作人员，在他们离开之后，来自四面八方的关怀一如既往地涌向分社，给了在那里守候的人更多的温暖和鼓励。

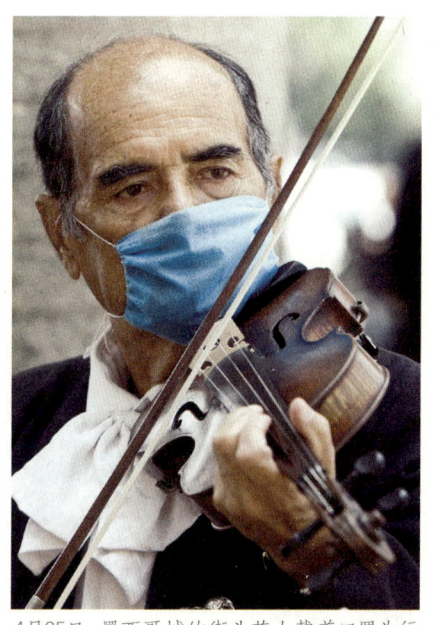

4月25日，墨西哥城的街头艺人戴着口罩为行人演奏当地名曲。（新华社）

昕怡连线（墨西哥城）：你们让我更坚强

5月1日（墨西哥时间）凌晨，在墨城国际机场等候中国第一批人道主义援助物资的时刻，所有记者被叫到一个安检厅等待，四五十人挤在一个小厅里等候了大约一个小时。昕怡就是其中之一，她此刻需要做的工作就是亲眼见证这批救援物资的运抵。不过昕怡心中却开始不安起来。平时她很少刻意去公共场合，不过因为采访需要东奔西跑，她早已是"高危人群"，而这里的记者每一个人都是"高危人群"之一，万一哪位在医院感染上了病毒……一时间她不敢再想下去。

不久，中国向墨西哥提供的第一批人道主义紧急援助物资终于运抵墨西哥，墨国总统卡尔德隆亲自到机场接受捐赠。记者离开机场的时候，在总统停机坪外，看到了感人的一幕。一名墨西哥人，手里拿着标语，上面写着：中国、朋友、人民、谢谢、帮助。这名墨西哥人是一名教师，正在学习中文。他在电视上看到中国救援物资就要抵达墨西哥，就连忙赶到机场。虽然被拦在总统停机坪外，但是他非常想向中国政府和人民表示感谢。他用中文一个劲儿地跟我们说:"谢谢,朋友!"

采访活动结束回到记者站,昕怡立刻放下东西冲进卫生间洗澡,里里外外的衣物一股脑儿扔进洗衣机,倒进消毒液,这才算定下心来。

这些天来,她一直不断接到电话和MSN留言。除了来自大使馆和中国国际广播电台的问候外,连久不联系的小学同学都因为在电视上看到她的连线报道,再辗转打听到她的MSN表达一声问候。昕怡的父亲在家也不停接到亲戚朋友的电话,让他转告她要注意安全。虽然是孤身在外,但这些问候让昕怡感觉自己不是在孤军作战。

有了这些真心的祈祷和祝福,每一位身在大洋彼岸的中国人,都会变得更加坚强。

相关链接

【甲型H1N1流感世界各国蔓延】

美洲

甲型H1N1流感从美洲蔓延至世界各地,传播途径既可以动物传人,也可以人传人。不到1个月,甲型H1N1流感迅速走进了人们的视线。一开始人们将目光聚焦在有着肮脏猪圈的墨西哥村庄里。但是,甲型H1N1流感显然不止一个源头。

4月1日　墨西哥4岁男童卷入"流感风暴"

男童埃德加·埃尔南德斯卷入"流感风暴",人们把原因归咎于墨西哥东部维拉克鲁斯州的拉格洛尼亚一座大农场,埃德加的家就在农场附近。

墨西哥卫生部长科尔多瓦说:"埃德加·埃尔南德斯是墨西哥首例确诊甲型H1N1流感病毒病例。"在接受甲型H1N1流感测试的35人中,确诊只有这名男孩的化验结果显示甲型H1N1流感病毒呈阳性。有的人就此认为,埃德加就是新型流感爆发的源头。

3月30日　美国相隔数百公里同时染病

最早被确诊的4例甲型H1N1流感病例中,墨西哥和美国加利福尼亚州各占两例。加州被感染的两名儿童与墨境内的两起病例几乎出现在同一时间,然而两地相隔数百公里,据悉这几名儿童从未有过接触,因此很难确认墨西哥是新型流感的发源地。

由于两个病例的病情并不严重,专家认为这种病毒可能在3月底之前就已经开始在人际间传播。此后,这种新型流感陆续在美国多个城市出现。美疾控中心网站公布的数据显示,甲型

第二章

爆发：人心没有沦陷

H1N1流感疫情已经蔓延到美国19个州。

目前，加拿大和哥斯达黎加都出现了甲型H1N1流感确诊病例。巴西、智利、秘鲁、洪都拉斯、哥伦比亚则报告出现疑似病例。

世界卫生组织专家指出，由于夏季将至，北半球的季节性流感已接近尾声，而南半球才刚刚开始，即将进入冬季，因此南美洲国家更需要警惕新型流感的持续蔓延。

欧洲

截至5月2日，欧盟已经出现了200多例疑似病例和近40起确诊病例。

4月27日　西班牙病毒能够"人传人"

西班牙和英国是欧洲最早出现甲型H1N1流感病例的国家。据4月27日西班牙卫生部长介绍，他们发现一名23岁男子患上甲型H1N1流感，他于4月下旬刚刚结束墨西哥的旅行，回到西班牙。随后，西班牙宣布发现了20余名疑似病例。西班牙卫生部长称这些人都是最近前往过墨西哥的游客。

不过到了4月29日，西班牙卫生部发现一名同样患甲型H1N1流感的患者，他此前并没有去过墨西哥，只是与一位来自墨西哥的游客打过交道。这正式表明，甲型H1N1流感是可以通过人传人的途径来实现传播的。随后，人传人的范围愈加扩大。截至5月2日，西班牙已经确诊了13例患者，并发现116起疑似病例。

4月29日　英国"英国病人"写下患病日记

英国人理查德·库克和妻子4月29日从墨西哥回到伯明翰，作为一个可能带有甲型H1N1流感的"英国病人"，他用日记的形式记录下了自己的经历：

29日早晨，我们回到伯明翰，400多人离开了机场，但我们没有获得任何建议和检查……29日晚上，我和妻子出现了发烧症状，身体疼痛、咳嗽、腹泻、恶心、打喷嚏。担心之下，我们给英国国民医疗热线打了电话，他们通知我们去医院。

欧洲大陆病毒硝烟四起

德国也查出了三起甲型H1N1流感病例，其中两人来自巴伐利亚州，另一名22岁的女性位于汉堡，这三人都是刚从墨西哥回来，来自巴伐利亚州的40岁男性病例甚至将病情传染给了他的护士。

此后，法国、瑞士、波兰也先后出现了疑似病例和确诊病例。截至5月1日，欧盟已经有6个国家出现了甲型H1N1流感患者。

4月30日，德国《每日镜报》发表评论："除了联合起来，组成统一阵线共同对抗这个全人类的公敌外，欧盟别无他途。"

（《新京报》5月3日稿）

当流感来袭
疫情第一现场目击实录

【墨西哥：谣言满天飞】

自从墨西哥爆发甲型H1N1流感疫情以来,全世界的目光几乎在关注着疫情的发展。疫区的一些民众,通过日记的形式向世人展示了他们的所见所闻,以及亲身感受。4月28日,甲型H1N1流感疫情在继续发展,墨西哥城内局势更加严峻,谣言满天飞,很多不得不到墨西哥出差的人,都希望尽快离开。有的人为了家人的安全,宁可待在旅馆中。

墨西哥城　斯蒂芬·凯尔:

我是26日到达墨西哥城的,然后飞往蒙特雷跑业务。现在,我又回到墨西哥城,并且带回了公司会议决议,这样我就能够尽快离开墨西哥,飞回英国。当我第一次来到这里时,对"猪流感"爆发没有什么感觉,但现在我很担心。现在我严格遵守作息制度,从旅馆乘坐密封的汽车前往客户办公室,并且戴着新买的口罩。

此前,我已经来过这里很多次了。往常的墨西哥城非常忙碌,大街上非常拥挤,你几乎不能移动,但现在却显得非常安静。尽管交通依然流畅,但客流量却非常小。我从机场到墨西哥城只用了20分钟,而平时需要花70分钟。现在我搬到了四季酒店,因为我刚到这里入住的旅店已经被关闭。

除了参加会议外,我很少走出旅馆冒险。我想,我最好还是待在自己房间中。人们正在不断死去,我不想自己也陷入火线中。早晨吃早餐的时候,只有几个客人。这些餐馆是否能够开到晚上,现在还不知道。其他的游乐场、温泉以及酒吧等,都已经关闭。

我已经打电话给英国机场,改变自己的航班,希望能够尽快从墨西哥城返回英国。最初他们说,我的商业舱订票是不能变更的。随后,他们又改变了这一说法。我预定了明天晚上9点35分起飞的航班。尽管我没有完成多少业务,但至少我能回家了,这让我感到非常欣慰。

墨西哥城　瓜达卢佩:

每天感染人数都在快速增加,死亡人数也在增加。据说至少有三名医生已经因感染"猪流感"病毒导致死亡。这在医务人员中,引起了巨大恐慌。我们知道现在的局势非常严峻,我们正处于被感染的高度危险中。但是我们更害怕,将这种病毒带回家中,感染我们的亲人。我的一名同事,甚至宁可选择待在旅馆中,也不想让他女儿遭到感染的威胁。

当我们意识到,已经不能从药店买到抗病毒药物时,这种恐惧变得越来越严重。尽管如此,政府却依然称,他们可以依赖抗病毒药物,治愈100万例感染患者。我们不能轻易获得这些药物,即使我们也是卫生部门的一部分。

一家医院的医生们被注射了抗病毒疫苗,它们对"猪流感"病毒有一定抗性。但因为没有足够运输和培养样本的设备,我们不能从严重病例身上取得样本化验。

第二章

爆发：人心没有沦陷

墨西哥城　恩里克：

我是一名24岁男性，居住在墨西哥城。现在，墨西哥采取的主要行动就是预防"猪流感"。所有的文化、宗教以及学术交流都已经取消，大多数休闲场所，比如电影院和公园，都已经被关闭。公司昨天晚上通知我们，我们可以在家里工作，但对于大多数人来说，这是不可能的。

墨西哥城　雷切：

我住在墨西哥城中，实际上我是在这里学习。墨西哥城不是最干净的地方，这里的人们对甲型H1N1流感的态度也让人担忧。在墨西哥城的2000多万人口中，有近一半人没有戴口罩，一些人甚至称"他们根本不在乎"。我给墨西哥政府在此次应对甲型H1N1流感的表现评分为E级。现在，这里谣言满天飞，墨西哥政府不断重复播放各种过时消息，这些都让我感到很担心。

瓦哈卡州　马太修斯：

我住在瓦哈卡州的一个小镇，据报道这里是第一个发现"猪流感"死亡病例的地方。这个小镇以冲浪和气氛放松闻名遐迩，但现在，恐惧已经渐渐进入人们的日常对话中。对甲型H1N1流感的爆发，当地人的态度迥然有异，有的人认为这是一个笑话，只是媒体在夸大事实。只有像我这样刚刚预定第一航班、希望尽快返回美国的人，才可以感觉到那种紧张和不安。

（中国网　钟文　整理）

博友之声

【廖新波：警戒为何不断升级】

截至北京时间5月2日21时，全世界已经有15个国家和地区共发现甲型H1N1流感确诊病例615例。

白宫发言人当地时间5月1日表示，世界卫生组织或即将提高甲型H1N1流感的警戒至最高级别，即第六级的警戒状态。一旦世卫把警戒状态提高到第六阶段，那将意味着全球已经陷入流感疫情。此前世界卫生组织连续将疫情全球警戒级别从三级提至五级，这是世卫组织2005年引入这一六级监控机制以来，首次提升警告级别。世卫组织对流感的警戒级别共分为六级，其中三级指这种病毒不具有或者只具有有限的人际传播能力。

世卫组织总干事陈冯富珍曾经说：提高警告级别旨在敦促各国政府及商界立即采取措施，敦促医药企业增加抗病毒药物的生产。

当流感来袭
疫情第一现场目击实录

为什么在确诊病例不多的情况下，或者说在目前致病力还不算很大的情况下，预防甲型H1N1流感不断升级呢？是不是第二次SARS？它的威力到底有多厉害？

不妨引用一些专家的意见。

流行病学专家许锐恒根据目前的流行情况分析，不能说甲型H1N1流感就是第二次SARS，因为这是两种不同的病毒。但是相对以往三次全世界流感大流行，对于甲型H1N1流感，全世界是准备得最充分的一次。

甲型H1N1流感的传染性与SARS的明显区别在于，前者在发病的潜伏期就已经有感染性，而后者则在患者发病、出现发烧等症状时传染性最强。因此，即使病毒携带者还未发病，但已会传染他人，仅仅依靠体温探测仪发现病人是不够的。

根据香港出现首宗甲型H1N1流感确诊墨西哥病例，钟南山院士讲述了他自己的观点。他说，香港确诊的墨西哥病例曾搭乘航班，虽然他是到了香港后才出现发烧症状，这并不能证明他未发烧前不具有传染性。目前大家对病毒发病机理都不是很清楚，携带病毒的"隐形患者"是否有传播病毒的能力，现在还很难说。

过去非典时期，就出现过在飞机上传播SARS病毒的先例，故这次应对甲型H1N1流感也不能大意。

钟南山院士在谈到目前全球性的甲型H1N1流感疫情形势时说：目前很难预计，但从我所了解的情况看，可以比较确定的一点是：甲型H1N1流感隔代传染能力会明显递减。第一代患者传给第二代患者的时候，毒性和传染性都很强；第二代传给第三代时会明显减弱。到了第三代的时候，患者基本没有太大的传染性。这跟SARS非常相似。

从香港首例确诊者发现以来，同机者尤其密切接触的4人没有感染的事实更加对甲型H1N1流感的传染能力提出思考。不管人们对该病毒的发病机理清楚与否，迷局或深或浅，人们的心态似乎从盲目恐惧到审慎疑惑，从动态的科学观察逐渐过渡到理性的科学防控。

（新浪博客 廖新波）

第三章

蔓延：
世界各国在行动

人只有献身于社会，
才能找出那短暂而有风险的生命的意义。
———（美国）爱因斯坦

当流感来袭
疫情第一现场目击实录

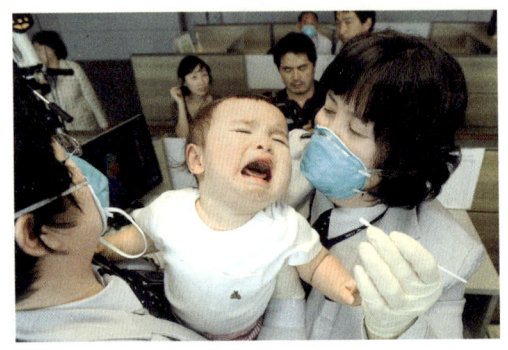

拉美加强入境口岸监测。
欧洲充足防疫药物储备。
亚洲敦促暂缓旅行。
世卫建议中东监控。
4月29日,世界各国都在行动……

——题记

第三章

蔓延：世界各国在行动

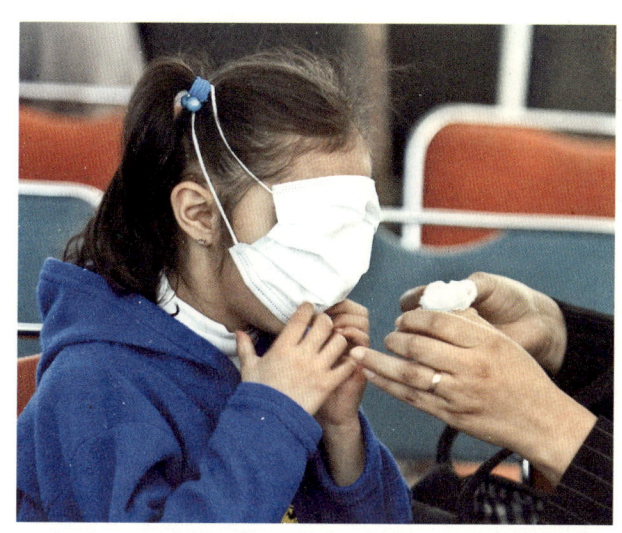

这样防护够全面吗？（《人民画报》）

翘首期盼，等待祖国的班机

截至4月29日，全球有8个国家报告人感染"猪流感"的确诊病例，其中墨西哥报告152个疑似和确诊"猪流感"致死病例，确诊至少7例，需要住院治疗的疑似病例大约为2000例。

与此形成对比，在另一重灾区美国，确认"猪流感"病例64例，5人住院治疗，1人死亡。在加拿大等有确认病例的国家，需要住院治疗的患者比例也不高。美国的死亡病例为墨西哥之外的第一名死者。

患同样的疾病，为什么墨西哥的病例死亡率较高？就连世卫组织负责卫生安全和环境事务的助理总干事福田敬二都表示不解。

一些专家认为，甲型H1N1流感在墨西哥尤其"凶悍"的原因包括：民众营养水平、医疗卫生水平、病毒多次传播后致病性降低，以及患流感后继发感染等因素。还有人认为，甲型H1N1流感在墨西哥流传的时间长于其他地区，受感染人数远多于官方统计数据，只不过症状并不严重。弗吉尼亚大学感冒学专家弗雷德里克·海登说："最简单的解释就是墨西哥还有很多没有发现的病例。"

还有一些医学专家认为，乱用药、继发感染等也可能导致死亡。除此之外，一些患者可能没有及时就医，耽误了治疗时间。

当流感来袭
疫情第一现场目击实录

老吴实录：航班取消，耐心等待

老吴很早就意识到墨西哥政府预警太晚，导致疾病病死率过高。而且大概是因为没有过扩散严重的流行疫病经历，所以人们并不注意自身健康的异状。

身在异国他乡的外国人，老吴也不知道自己能做什么，除了及时跟踪报道当地的情况，就是按照《今日中国》总社的要求，乘坐5月1日（墨西哥时间）的航班回国。

不过世事往往是多变莫测的。**4月28日乘坐AM098航班的乘客中，有一人经上海到达香港之后发病了，中国政府决定暂停接待所有从墨西哥开往中国境内的飞机。**5月1日的正常航班被取消，老吴不得不暂时留在墨西哥城内。

因为不能回家，朋友以及家人每天都会给他打来慰问电话，尤其让老吴感到欣喜的是，当中国援助墨西哥的物资抵达墨西哥后，墨西哥第三世界社会和经济研究中心主任埃切维里亚给他打来了慰问电话，埃切维里亚激动地对他说：

"我们不仅是朋友，还是兄弟！"

此外，墨中友好协会副主席埃利奥·法雷利·穆尔加以及墨西哥其他各界朋友也都给老吴打来了慰问电话，他们对中国的无偿援助都表示了感谢。

朋友以及家人的慰问电话增强了老吴战胜困难的信心，在滞留的这段时间里，他的吃、住并没有受到影响，虽然现在口罩在墨西哥城相当紧缺，但是并没有到人心惶惶的地步，超市里购物的人仍然异常"繁荣"。

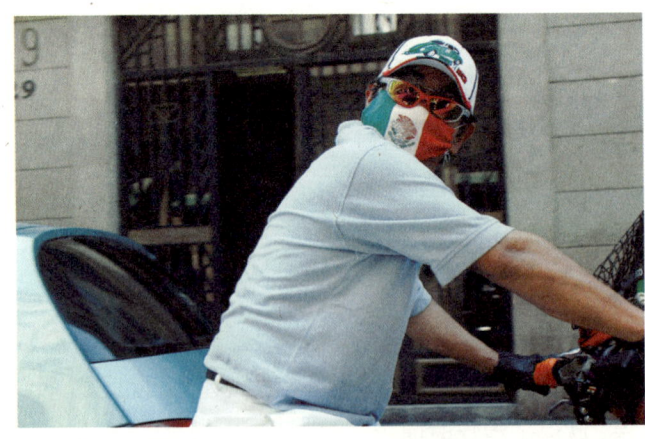

墨西哥人戴着图案各异的口罩。
（《人民日报》 王新萍 摄）

第三章

蔓延：世界各国在行动

超市里比以往更热闹的情景，令老吴以为是疫情已经越来越严重，大家要积极储备物资。后来才知道是因为每周二的蔬菜便宜，人们都喜欢趁这个时间多买点蔬菜，这也说明甲型H1N1流感阴影下的人们生活节奏还是一如既往，至少到了周二，他们还没有忘记出来抢"低价菜"。

除了日常生活外，老吴一直与曾平保持着密切的联系，曾平向他通报国内的情况，他则向曾平说墨西哥当地的情景。

在电话的铃声与勇敢的心灵支撑下，老吴耐心地等待着中国包机的到来。

相关链接

【纽约卫生局向民众公布的预防"猪流感"小贴士】

第一，如果你已经有了流感的症状，千万要待在家里，不要去上班或者上学，直到流感的症状消失。

第二，当你咳嗽或者打喷嚏的时候，一定要捂住鼻子和嘴巴，记得要常常洗手。

第三，当你发现呼吸困难时就要迅速去医院，但是如果症状不严重，就待在家里，以防把病毒扩散在医院里。

第四，民众还没有戴口罩出门的必要，但医疗卫生部门的工作者和曾经与"猪流感"病患有接触的人一定要戴上口罩。

（美国中文网《"猪流感"症状及美国卫生公布的预防小贴士》）

【英国"口罩一族"】

到北京时间4月30日为止，英国境内虽然只发现了5名甲型H1N1流感患者，但政府却下令购买3200万个口罩以备不测。美国总统奥巴马也宣称，该国的13.2万所中小学可能会暂时"关门"。亚欧各国的机场海关也纷纷加强了对入境旅客的体温监测力度，并要求航空公司职员提高警惕，以便提前发现那些发烧的病人。

很多卫生专家表示，由于人类对甲型H1N1流感病毒的特性知之不多，上述措施可能根本无助于减少甲型H1N1流感病毒的传播，但各国政府仍然相信，自己采取的措施对预防甲型H1N1流感非常关键。世界卫生组织强调，由于甲型H1N1流感可能在感染后的1到4天内不出现任何症状，但具有传染性，因此目前对墨西哥采取"禁止入境"政策为时已晚，甲型H1N1流感病毒可能已经扩散。

就美国境内而言，位于东部的纽约是个"重灾区"，当地确诊的"猪流感"患者数量已经达

当流感来袭
疫情第一现场目击实录

到了51人，大量中小学因为担心甲型H1N1流感而临时放长假。不过，由于美国法律规定，年幼的孩子不能"独自在家"，因此，孩子的看护问题成了最让美国人担忧的事件。

美方表示，生产出安全可靠的人类"猪流感"疫苗可能要等到明年1月。所幸，现有的抗流感药物对治疗"猪流感"有效，因此，美国境内各州都在积极储备药物，以备不时之需。

(人民网《各国对付"猪流感"：英国买口罩3200万》 高铁军)

【日政府呼吁民众储备两周食物】

4月30日，日本成田机场登机的乘客中弥漫着对感染新型流感的担忧气氛。检疫所内增派了防卫省的自卫队医务官员等人员，以加强机舱内的检疫工作，防止病毒经口岸进入日本。检疫所在当天对来自北美等地的35个航班进行了机内检疫。为增援检疫工作，正午过后防卫省医务护理人员共约30人抵达成田机场检疫所。

日本厚生劳动相舛添要一在当天表示，将尽快准备设立集中诊断疑似病例的"发热门诊"，并将迅速掌握达菲等抗流感药物的库存情况，还重申"将迅速获取新型流感的病株，努力研制新疫苗"。

同一天日本媒体就报道了农林水产省制作的一份指导文件，要求每户家庭至少储备足够度过两周的食物，以应对新型流感。

(人民网 东京4月30日电 于青)

【西共体向成员国发出防控警示】

西非国家经济共同体(西共体)在5月1日发出防控甲型H1N1流感的警示声明，要求各成员国政府采取必要措施应对流感。虽然截止于次日前，西共体15个成员国尚未发现甲型H1N1流感的确诊病例，但还是郑重声明并建议民众应该时刻保持警惕，避开密集人群，注意个人卫生，必要时戴口罩，发现症状及时就医。

西共体还建议各成员国与世界卫生组织及世界粮食计划署在当地的机构保持联系，必要时向这些国际机构寻求帮助。不过各成员国的政府和民众不应惊慌，应保持镇静，继续正常的生产生活。

(新华网 邱俊 李怀林)

【巴黎警报】

5月2日，法国采取新措施防范甲型H1N1流感，法国卫生总局局长迪迪埃·乌森、卫生部长罗斯利娜·巴舍洛·纳尔坎、内政部长阿利奥·马里、卫生监督所主任弗朗索瓦兹·韦伯在巴黎

第三章
蔓延：世界各国在行动

出席联合新闻发布会。

同日，法国内政部和卫生部召开联合新闻发布会，宣布了一系列应对甲型H1N1流感的新举措。目前法国已经确诊两例甲型H1N1流感病例，另有29名疑似患者。

（新华社 5月3日电 张玉薇）

失望还是希望

随着墨西哥持续受到甲型H1N1流感疫情侵害，墨西哥国内也出现了许多流言。有的人认为墨西哥将无法控制疫情，有的人认为找到有效治疗方法几率渺茫，而且政府所采取的一些措施也激怒了一部分民众，例如，政府关闭广大公共场所的严厉措施就激怒了商家。墨西哥联邦服务旅游贸易委员会主席马里奥预计，政府颁布的公共场所营业禁令每天仅在餐饮行业就将造成3600万美元损失，同时遭殃的还有大型超市及其他购物中心，他向媒体愤怒地说："经济危机比流感危机要糟糕很多。"

不过除了少数墨西哥民众流露出失望的心情外，绝大多数墨西哥人在面对严峻疫情时仍保持着乐观的心态。当口罩成为预防流感的主要工具之一时，有的墨西哥人就在口罩上画上猴子嘴，有的画上胡子，还有的画上"烈焰红唇"。报纸

几名泥水匠正在墨西哥街头等待生意。（中国国际广播电台 于昕怡 摄）

当流感来袭
疫情第一现场目击实录

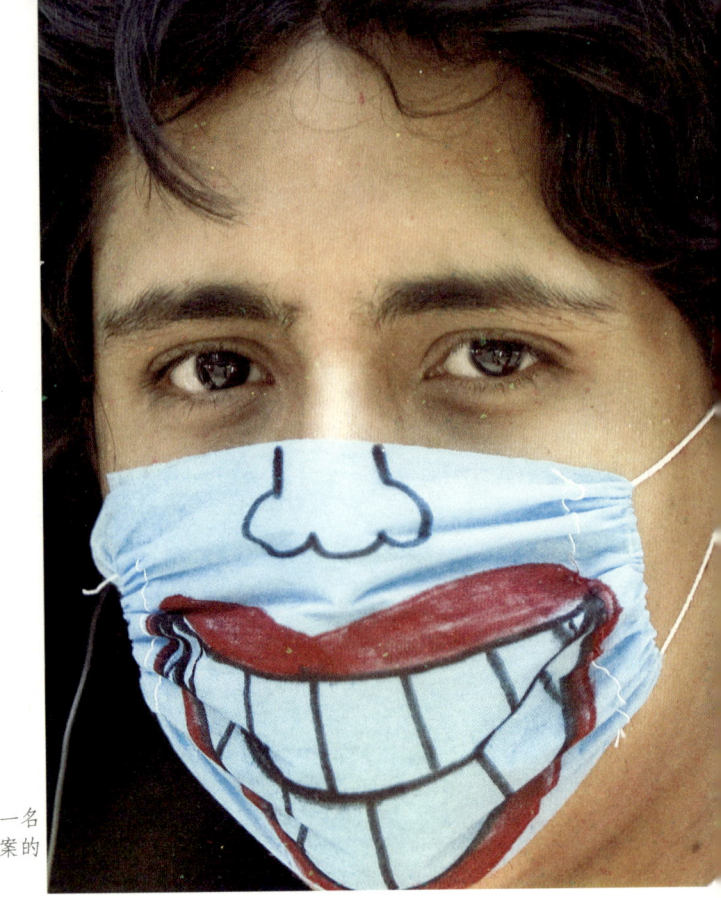

4月28日,在墨西哥城,一名男子戴着绘制着笑容图案的口罩。(新华社/法新社)

也紧跟"潮流",附送微笑贴纸,供画功不佳者粘贴;司机也不甘落后,为爱车画上了"口罩"。

当地还流传着这样一则笑话:"你听说了吗?墨西哥已经成为世界强国!它一打喷嚏,整个世界都感冒了!"

老吴实录:"集结号"还没有吹响

墨西哥人的乐观也传染给了老吴。虽然他必须暂时待在墨西哥,不过并没有感到很糟糕。在不久之前,一位当地雇员专门给他买了机票,让他赶紧回国,但那时老吴并没有接到总社通知他回国的消息,所以他不能擅自离开墨西哥。于是老吴在对这名雇员表达了谢意的同时,也拒绝了对方的机票。从那时起,老吴就做好了坚守阵地,打一场硬仗的准备。

当老吴接到总社的通知,得知包机遇到波折,他立刻意识到:"集结号"还没有吹响,仗还要打下去。

老吴每天都坚持按时上班。在等待的这段时间里,他的脑海里总是会出现

第三章

蔓延：世界各国在行动

保尔·柯察金的形象。老吴想到保尔他们在修建铁路快坚持不下去时，甚至开始在墙上画十字时，一个政委走到保尔他们面前，大声告诉他们："**你们的工作还要继续，因为无人可以接替。**"这幅画面可能就是老吴心中精神力量的源泉，因为不管有无包机，他都会认真地坚守阵地。

墨西哥街头，擦鞋匠戴着口罩给人擦鞋。（中国国际广播电台 于昕怡 摄）

相关链接

【防流感需保持个人卫生，每天擦拭电话等10种物品】

大多数洗涤剂或消毒剂可以杀死流感病毒，并不需要特殊消毒剂。

使用常规家用清洁剂，如肥皂、餐具或衣物清洁剂。

漂白粉或者酒精也可以起到清洁消毒的作用。

每日擦拭公用物品及工作区域，在怀疑受到病毒污染时增加清洁次数。

1. 电话。
2. 电脑（屏幕、键盘、鼠标）。

3. 办公桌和柜台。

4. 椅子和扶手。

5. 灯的开关。

6. 温度控制器（空调控制器）。

7. 复印机、传真机的按键。

8. 门把手。

9. 会议室物品。

10. 马桶冲洗按键。

（搜狐网）

【控制甲型H1N1流感的难点】

一是由于流感病人在潜伏期就具有传染性，在潜伏期末，即病例在出现临床表现之前，就可以将病毒排出体外感染他人，而SARS在潜伏期是没有传染性的，这是流感与SARS的不同之处。二是流感病毒感染后存在很多轻症病例和隐性感染者，这些传染源难以被发现和识别。三是目前尚无针对性的疫苗，新疫苗的研制成功至少需要3个月时间，而生产厂家生产出满足全国人民接种要求的全部疫苗至少需要4年时间。四是达菲类抗病毒药物生产能力有限，并且其价格是其他抗病毒药物的20倍以上，难以满足普通大众的需要。

【甲型H1N1流感第二波可能更严重】

5月4日中国新闻网发布了一条电文，据英国《金融时报》报道，世界卫生组织警告称，未来数月甲型H1N1流感病毒可能会以"猛烈攻势"再度归来。世卫组织总干事陈冯富珍告诉英国的《金融时报》，北半球流感季节的结束意味着最初的爆发可能较为温和，但随后第二波可能更为致命，就像1918年西班牙流感疫情一样。

鉴于西班牙流感的严重性，4月30日（北京时间），世界卫生组织宣布将全球流感警戒级别由4级提高到第5级（最高级别为6级，即爆发大流行）。不过就目前墨西哥的最新数据显示，甲型H1N1流感的影响可能不如最初人们认为的那样严重。该国卫生部长何塞·安赫尔·科尔多瓦还表示，流感病毒流行的高峰已经过去，目前正处于下滑趋势。但世界大部分国家仍保持较高的警戒程度，防患于未然。因为不排除病毒变异的可能性。

美国和墨西哥的流行病学专家指出，有迹象表明，甲型H1N1流感病毒的传染性和致死率与普通季节性流感相当，比原先预计的要低，但不排除病毒变异，因此不能放松警惕。历史的经验证明，多变的流感病毒一旦出现新的变异毒株，其杀伤力就非常大。肆虐全球的西班牙流感就是在人们以为第一波流感已经过去的时候，更加致命的第二波流感接踵而至。流行病学专家

第三章

蔓延：世界各国在行动

指出，人类对这种全新的甲型H1N1流感病毒所知甚少。来自美国、墨西哥和世卫组织等的专家正在墨西哥收集数据，试图拼出一张流行病学地图，但目前在这种病毒源于哪里以及它是如何在人际间传播等关键问题上的进展非常缓慢。

危机还在继续，努力不能停止

发端于墨西哥的甲型H1N1流感向全球扩散后，世界各国纷纷采取措施，严防疫情的进一步蔓延。

身为疫情发生地的"近邻"，拉美地区各国纷纷采取相应措施。阿根廷政府规定墨西哥进港航班人员如出现流感症状应立即报告；近期从墨西哥归国的人员如感到身体不适，应及时就诊。同时，阿根廷国内的卫生部门还提醒人们加强个人卫生防护，可选择接种预防性流感疫苗。

巴西加强对墨西哥和美国入境人员的疾病监测力度，航班机组人员须在飞行途中向旅客说明人感染"猪流感"的症状和表现，普及防疫知识。

智利密切监控墨美入港航班乘员及经陆路入境智利的人员，严格筛查疑似"猪流感"病例，同时发出旅游警告。

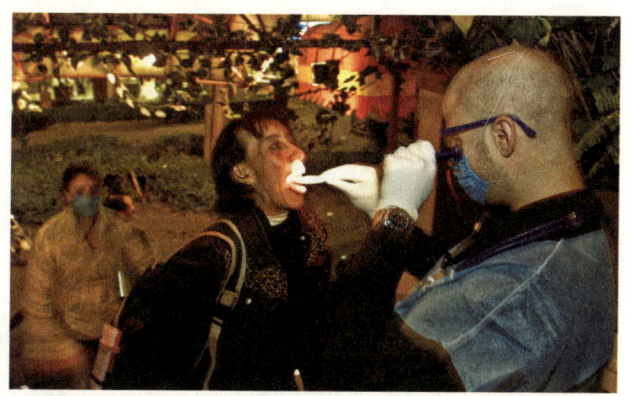

在墨西哥城繁华地区，游客正接受医生检查。（新华社 戴维 摄）

哥伦比亚加强国内港口、医院和主要机场的疾病防控力度，将从墨西哥首都墨西哥城、美国得克萨斯州和加利福尼亚州入境哥伦比亚的人员列为重点监控人群。

同时，欧洲各国政府也采取了相应的预防措施，并且积极充足防疫药物储备。英国储备有可供全国半数人口接受治疗的抗病毒药物，并且政府建议民众取消赴墨"不必要旅行"。

奥地利储备有可供全国半数人口（即400万人）用的抗病毒药物和800万个防

当流感来袭
疫情第一现场目击实录

护口罩，拥有能确保满足全国人口需要的预防性流感疫苗产能。

保加利亚首都索非亚机场安装两台可监控进出港旅客体温的红外热像仪。

法国现储备有3000多万剂抗病毒药物，其中包括2400万剂达菲和900万剂乐感清。

意大利罗马国际机场开始向旅客发放防护知识小册子，储备有1000万剂乐感清和6万剂达菲的原材料，以及足够生产3000万剂达菲成品的药粉。

俄罗斯往返于美洲各国和俄罗斯之间的航班机组人员须在飞行途中宣传防疫知识；出现疑似病例的客机将滑行至停机坪特定区域，机上乘员须接受筛查；禁止从墨西哥、加勒比海地区国家和美国部分州进口猪肉相关制品。

在远离美洲大陆的亚洲，各国的防范措施也不逊色。日本成田国际机场在入境处安装红外热像仪，测量来自墨西哥乘客的体温，并且政府敦促计划到墨西哥旅游的人员推迟出行。

韩国加强对来自美墨入境人员和进口猪肉制品检疫力度，同时启动紧急隔离措施，在机场对疑似出现"猪流感"症状的人员开展检测。

菲律宾加强出入境口岸疫情监控力度，禁止从墨美进口生猪及猪肉制品。

泰国禁止从美国部分地区进口猪肉及相关制品。

危机仍然存在，世界各国都在努力，身处墨西哥城的人们也在努力。

4月29日，美国纽约一家超市的员工正在猪肉等肉类食品柜台前整理货物。（新华社 谷欣容 摄）

第三章

蔓延：世界各国在行动

5月2日，在法国巴黎的戴高乐机场，一名法国红十字会的工作人员等待来自墨西哥的旅客领取行李。（新华社 张玉薇 摄）

老吴实录：抗击疫病，我们竭尽所能

滞留在墨西哥城的这段时间里，老吴几乎每天都与曾平通电话，他知道曾平已经被隔离，所以对曾平的身体状况十分关心。通过电话，他也向曾平通报发生在墨西哥的最新情况，让曾平能得到疫情"前沿"的最新动态。

关于墨西哥疫情的最新进展情况，老吴主要还是通过电视、广播以及报纸来获得，对于这场突如其来的灾难，墨西哥政府和媒体都呈现出一种高度重视的状态。

当疫情扩散时，墨西哥政府出动军警上街免费向市民发放口罩以及消毒水，随后墨西哥总统卡尔德隆也在4月29日（墨西哥时间）的电视转播中公开表示："没有比自己家里更安全的地方。在临时规定的假期里，全体民众最好都和家人在家团聚，避免出行，以最大限度减少病毒的传播。"

墨西哥在尽自己最大的努力抗击疫病，老吴也在尽最大的努力完成身在"前线"的采访任务。

抵御巨大的灾难，不是一股力量能实现的，必须要全民、全世界共同的努力。

当流感来袭
疫情第一现场目击实录

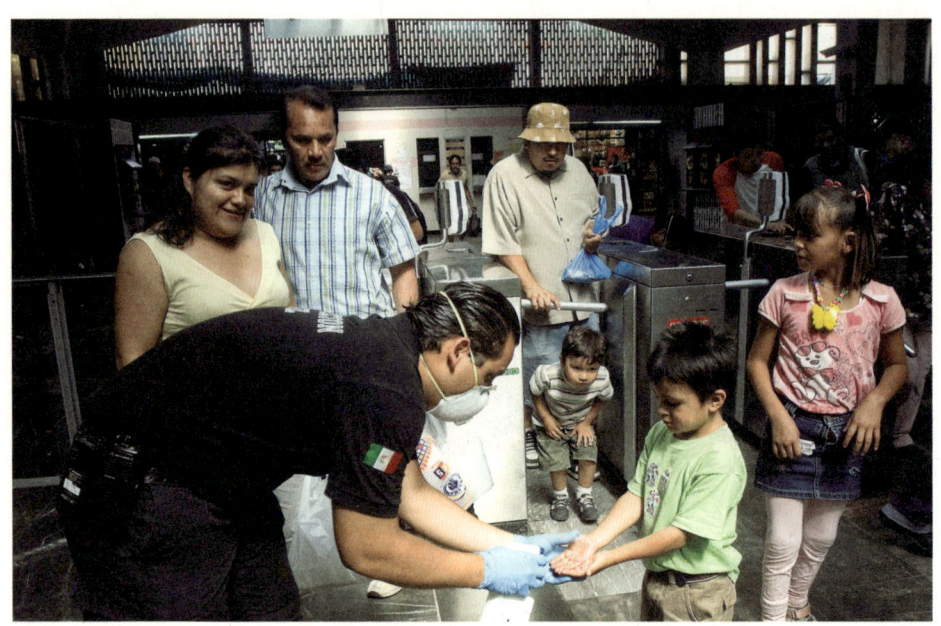

4月30日,在墨西哥城一处地铁站,进站乘客正在接受消毒。(新华社 戴维 摄)

相关链接

【中国专家:疫情面前须全球合作防控】

自4月13日墨西哥通报发现第一例甲型H1N1流感致死病例以来,截至28日上午,已经相继有美国、英国、西班牙、以色列、韩国等十多个国家报告出现感染病例或疑似病例,而墨西哥确认及疑似甲型H1N1流感死亡人数更是上升到152人。中国疾病控制预防中心流行病首席科学家曾光教授解释说,新型的病毒类型和现代化的交通是造成甲型H1N1流感疫情迅速传播的主要原因。便利的社会交通,例如现代化交通工具,比如飞机、轮船、火车等,会将病毒带到世界各地去。

墨西哥是最先确认甲型H1N1流感病例和通报疫情的国家,目前也是疫情的重灾区。从疫情扩散开始,就有声音质疑墨西哥没有及时、有效地采取措施控制疫情,所以才导致疫情迅速传播。曾光教授认为,传染病扩散的原因复杂,指责某一国负有责任是不合理的,疫情面前全球合作防控才是关键。现在不是谈论墨西哥的责任的问题。墨西哥城是两千多万人口的城市,人口密度非常大,政府已经让所有的学校都停课了,民众要上地铁都提供口罩,说明它平常就有一些准备。如今我们应该考虑的是全世界能为墨西哥做点什么,防治应该是全球一盘棋。

第三章

蔓延：世界各国在行动

在应对全球性的公共卫生事件过程中，世界各国要通力合作。曾教授说：合作主要是两个方面，一是在国际合作，就是在世界卫生组织框架内进行的合作；二是双边合作，实际上在不同的地区业已形成了双边合作或是多边合作的机制，都有传统的领域，比如非洲有的国家是找法国，有的国家是找英国。

此次甲型H1N1流感疫情是在各国正在全力应对金融危机的背景下爆发的，而且扩散的速度令人始料未及，这对各国挽救自身经济，重拾市场信心的努力无疑是一次严峻的考验。中国现代国际关系研究院世界经济研究所所长陈凤英教授认为，如果疫情继续扩散，将对世界经济复苏构成十分不利的影响。世界经济下滑会出现两个可能性，一个可能性是会扼杀当前的复苏苗头，比如说原来油价逐步反弹，现在出现下滑。对信心的打击又影响到消费，甚至人们的投资可能会更谨慎。第二个可能性，延缓经济复苏时间。2009年世界经济完全复苏的可能性比较小，但是"猪流感"又发生在北美地区，欧洲也有流行苗头。如果流感持续时间长，扩散范围大，会延缓世界经济复苏的时间。

除此之外，疫情的传播无疑会对旅游业、餐饮业和交通运输业构成不小的打击，但是医疗行业、制药产业则有可能"因祸得福"，再加上此次全球应对疫情反应迅速，措施较为成熟，因此陈凤英认为在疫情面前不必恐慌。首先到现在来看，甲型H1N1流感主要是在墨西哥，在墨西哥以外的地区有传染者，但是传染以后的现象不严重。另外全球联合行动，反应非常快，防范能力非常强。不仅如此，应对这次流感疫情，好的效应就是制药业的发展，医药的发展很可能会拉动这方面的投资增加，使世界经济在低迷时期又出现一个投资领域。

（国际在线 柳青）

【潘基文呼吁全球联合起来共同应对甲型H1N1流感】

联合国秘书长潘基文在5月5日呼吁世界各国联合起来共同应对甲型H1N1流感。

潘基文说："此次甲型H1N1流感的爆发再一次提醒大家：我们生活在一个相互联系的世界，对一个国家的威胁就是对所有国家的威胁，需要我们在全球范围内集体做出反应。"

他表示，为更好地应对目前以及今后可能发生的全球公共卫生危机，各国政府在未来几周内做好以下四项工作：一，根据《国际卫生条例》，就在全球范围内分享病毒样本和其他材料以及疾病暴发的有关数据达成协议；二，同意设立可协调的长期筹资机制，以支持比较贫困的国家更好地应对全球性卫生危机；三，采取有效措施，确保世界卫生组织能拥有其需要的一切资源，在需要时能够拿得出来；四，在没有明确的科学依据的情况下，取消有关限制贸易和旅行的规定。

潘基文还称，将在本月晚些时候到日内瓦与出席世界卫生大会的各国代表就有关问题进行认真的讨论，同时会晤捐助国代表、技术合作伙伴以及包括制药公司在内的私营部门代表，就他们如何更好地为全球应对公共卫生危机作出更大贡献等问题进行磋商。

他认为,值得庆幸的是,迄今为止甲型H1N1流感疫情所造成的后果比较轻微。世界卫生组织目前没有进一步提高甲型H1N1流感警戒级别的计划,该组织也不建议因爆发甲型H1N1流感而限制旅行。

(新华网5月5日电 顾震球 白洁)

【美国专家称流感疫情可能不会在夏季减缓】

不少专家认为,甲型H1N1流感疫情会像季节性流感一样,随着北半球夏季的到来而衰退、减弱。但美国一名专家认为,夏季高温可能阻止不了这种流感的流行。

乔治·华盛顿大学流行病学家洛内·西蒙森认为,甲型H1N1流感病毒"对温暖的天气似乎并不敏感",与1918年的西班牙流感病毒相似。西班牙流感分为两波,相对温和的第一波就发生在春夏两季。

他认为,北半球夏季减缓不了疫情蔓延的另一个理由是:数据表明,这次流感疫情从今年4月开始在墨西哥首都墨西哥城等地迅速蔓延,而墨西哥城今年4月的气温介于11℃与26℃之间,平均气温甚至高于伦敦等城市的夏季气温。

目前关于流感疫情的发展趋势主要有3种预测:第一种是夏季到来后,流感流行趋缓甚至消失,到秋冬时再现,不过届时已有足够疫苗应对;第二种是这种病毒的毒性越来越弱,流行时间长,但致死率低;第三种是病毒发生变异,传染力和毒性加强,导致很多人死亡。

博友之声

【"猪流感"汹汹袭来,有感而发】

今天(4月28日)早晨的新闻、电台、电视里,全是"猪流感(Swine Flu)"。有消息说,加拿大机场的工作人员,在接待从墨西哥来的旅客时,全都戴上了口罩。正是旅游旺季,每天来往于墨西哥和加拿大的飞机载得满满的。

于是,一上班就被分派了一个白色的口罩,倒不觉得奇怪。记得,上一次上班时人人戴口罩的情景,是六年前SARS流行时。那时,从中国、新加坡到加拿大的旅客,要在家里禁闭两周以后才准上班上学和去公共场所。

这次轮到了墨西哥。

第三章

蔓延：世界各国在行动

口罩设计比上次的大有进步，可以折叠；口罩和嘴鼻之间留有更大的呼吸空间，方便长期戴口罩者；套头的橡皮筋更软更有弹性，不再感到头皮被箍得发麻。

一次又一次的人类传染病流行，引发口罩科技革新。

自从上次的SARS在亚洲大流行后，六年来，小规模流行性疾病一直没有断过。禽流感、疯牛病、西尼罗河病毒，每每载于报间，只是没有大规模流行。医学界一直在谈论下一个的大流行可能是禽流感（Avian Flu），认为禽流感病毒可能侵袭人类，因此也作了一些准备，比如，研发禽流感疫苗。

可是人算不如天算，这次汹汹然袭来的却是"猪流感"病毒（Swine Flu）！一种新的H1N1病毒。病毒再一次偷袭人类，防不胜防，没有准备。

现在还没有预防这种Swine Flu的疫苗，今天听电视上说，有实验室已经开始了疫苗的制作，可是到正式上市场还要等四到六个月，即使注射了疫苗，也不是马上就可以起预防作用。对抗"猪流感"的抗体在疫苗注射后，至少要2周左右才可以在体内行使抗病作用。现在临床上应用的抗病毒药物不多，一些老药也没有什么效果。目前据说有两种抗病毒药物达菲、瑞乐沙，在"猪流感"感染早期使用有一定效果（中国卫生部门已经开始贮备这两种药物，以防不备）。这也许能部分说明为什么迄今为止墨西哥死亡患者人数达到一百多，而美国和加拿大还没有患者死亡的报道。

其实，所有的流感都有一定的自限性。

从流行病学的角度看，大规模流行病的流行规律呈现正钟罩型曲线：开始是小规模流行，然后曲线猛然上升至钟罩顶点，最后是曲线向下，逐渐归于和横坐标平行，在小距离上平行一段时间后，回到零点。2003年SARS流行时，就是这个规律，记得我那时在其他论坛说过这个曲线规律，并且说SARS不会流行很久了，还有人不相信。

流感的这个钟罩型流行曲线的大小、高度、长短，取决于很多因素：病毒的毒力强弱；公共卫生系统的防御措施（政府的角色非常重要）；气候的变化（估计天气再热一些，气温升高，病毒的生存能力就会减弱了，这在SARS流行那一次也是被预见到的）。还有，最重要的是，当大规模人群暴露在空气中，不知不觉之中受到病毒感染后，人群因机体的天然自动免疫机制而对病毒产生了抗体，病毒大规模肆虐的攻击力就逐渐衰减了。

正像SARS流行一次就不会再流行了。因为人群已经对SARS病毒产生了集体抗病毒的能力。它想再肆虐，就要变异成其他新的变种，更新武器装备，再来。正因为如此，当人类对人流感、禽流感有了疫苗预防以后，病毒也不闲着，它跑到猪身上搞个变异种，趁人们不防备时，以新的面貌出现，再次发动攻击。

目前，"猪流感"流行分布，和2003年的SARS恰恰相反。从美国CDC今天公布的流行分布图上看，世界五大洲，有四大洲都有"猪流感"的确定病例和疑似病例报道，唯一没有病例发生的是亚洲。目前，南美洲病例最多，不但是墨西哥，哥伦比亚、巴西也有报道，墨西哥的死亡人数已

当流感来袭
疫情第一现场目击实录

经一百多,还在上升;北美洲的加拿大和美国其次,各有几十例病例,美国以加州和纽约最多,而且一些发病者是刚从墨西哥回来的,还没有死亡报道。在欧洲,有疑似病例报道的是法国、英国、西班牙和葡萄牙;大洋洲的新西兰有疑似病例,也是新近去过墨西哥的学生。

真是"风景这边独好"!

不过,有了上次SARS的教训,这次中国政府应会加倍小心。北京国际机场已经启动了预警措施,检查入关旅客的身体状况。不知道下一步会不会又像SARS流行期间要求填表和量体温。美国现在是风声鹤唳,一些国际机场已经开始要求乘客填健康报表了。

疾病来了,最可怕的不是疾病本身,而是疾病引起的恐慌。

(新浪博客 加拿大博友谐和)

第四章

行动：
中国式救援与防御

人的一生可能燃烧也可能腐朽，
我不能腐朽，我愿意燃烧起来！

——（前苏联）奥斯特洛夫斯基

当流感来袭
疫情第一现场目击实录

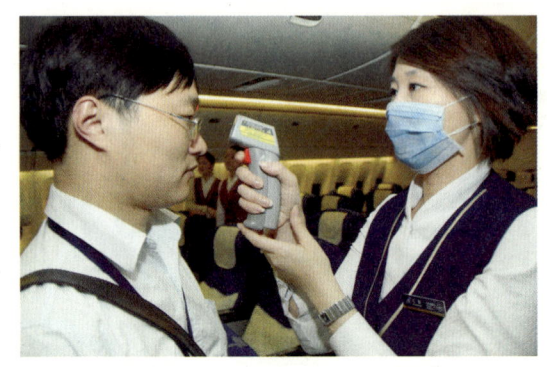

中国政府全力以赴应对甲型H1N1流感疫情，各大口岸开始体温检测。

4月28日，北京逐一排查有发热咳嗽症状患者。

4月28日，上海口岸出台九项措施防控甲型H1N1流感疫情。

4月28日之前，广东省卫生厅建立了一个以防控专家组和医疗救治专家组为主的专业防治体系，广东省抗击SARS特等功臣钟南山担任医疗救治专家组组长。

5月2日，香港宣布：所有经陆路口岸入境旅客均需填写健康证明。

5月3日，广东省6市隔离28名密切接触者。

除此之外，天津启动了零报告制度；重庆建立了不明原因肺炎监测网络；福建、云南、广西、浙江、辽宁等地针对各地不同情况，都建立健全了联防联控工作机制……

——题记

第四章

行动：中国式救援与防御

危险的航程

4月30日清晨6时（墨西哥时间），由墨西哥城开往上海的AM098航班按预定时间降落在上海浦东国际机场，机上乘客接受了上海卫生防疫部门的严格查验检疫。按照预案和相关规定，两小时后机场方面放行了这批乘客。**然而，其中一名墨西哥乘客在抵达香港后出现了发热症状，被确诊患有甲型H1N1流感。根据上海检验检疫人员的记录，该乘客在上海机场时实测体温为36.8℃。**

经过两天两夜的追踪查访，乘坐该航班的48名上海乘客已经全部找到，另有7名在沪外省市乘客也已找到，加上13名机组人员，共计68人已全部安排集中医学观察。59名上海乘客的家属也被同时要求在家接受居家观察。

可是，在乘坐墨西哥航班的176名乘客中，另有111名乘客已经前往中国18个省市，另有10人出境，分别前往日本、泰国、中国香港等国家和地区……

4月30日，墨西哥航空公司AM098次航班抵达上海浦东国际机场。（新华社 裴鑫 摄）

曾平观察：危机一直在潜伏

墨西哥城飞往上海浦东的AM098航班刚一停稳，已等候多时的中国卫生检疫部门的车队疾驶而来。

墨西哥时间4月28日22点40分，曾平和同事程文君乘坐的墨西哥航空公司AM098航班从墨西哥城国际机场缓缓起飞，窗外的夜色依旧美好，曾平心情却并不如想象中的愉快。飞机途经蒂华纳飞往中国上海浦东。机上几乎满员，除少部分外国乘客外，大都是在墨西哥工作、经商的中国公民，还有一些年幼的孩子

当流感来袭
疫情第一现场目击实录

随父母离开。机上人员全部戴着口罩，看来的确是有些防范意识。

墨西哥城是此次甲型H1N1流感流行的重灾区，人心惶惶。面对如此严峻的疫情，大多数中国人选择了暂时撤离。大家从电视上看到中国政府采取了严格的防疫措施，对来自疫区的航班需进行检疫，至于是怎样的检疫形式，大家心里并没有底。

4月30日6时10分（北京时间），连续飞行近20小时的航班终于降落在上海浦东国际机场，与往日不同，这次飞机没有停靠廊桥，而是停在空旷处。

就在这时，广播突然响起，不一会儿，一群身穿白衣的检疫人员登上飞机逐一向乘客发放登记表时，大家不免有些紧张，随后心情逐渐放松，乘客纷纷拿起相机拍照。

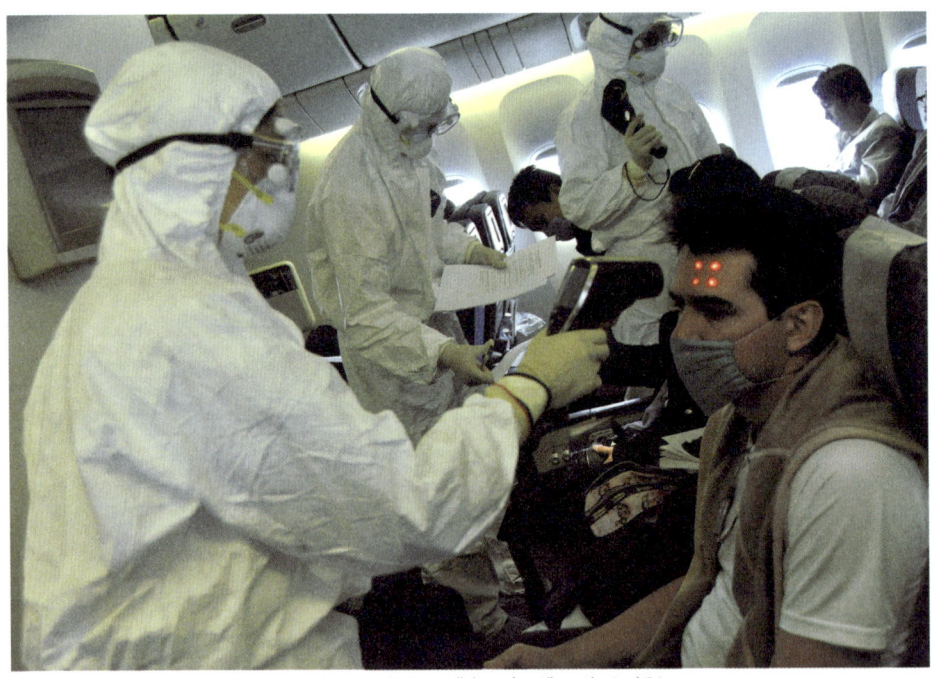

4月30日，AM098航班上的旅客接受体温测量。（《今日中国》 曾平 摄）

检疫的目的是把疫情首先挡在国门之外，以保障全民的健康，这一点大家能够理解，也非常支持，纷纷给予充分的配合。经过一个小时的检疫，一切都很正常，没有任何可疑报告。大家高高兴兴走下飞机，通过安检，放心地回家。听检疫人员说，这还是上海浦东机场第一次对墨西哥的航班进行严格的检疫检查呢！

第四章

行动：中国式救援与防御

5月2日凌晨4点多，正在家中睡觉的曾平突然被楼下急促的铃声吵醒。等到去接时，电话已经挂断，他再一看手机，上面有几个陌生的电话。由于刚从墨西哥回来，曾平正在倒时差，晚上睡得很沉，所以根本没听到手机铃声。可是他的直觉告诉他，电话很可能是北京疾控防疫部门的，因为他搭乘的是墨西哥航空公司AM098航班。就在前一天晚上，他在电视上看到了一则新闻：香港卫生部门确认，首例甲型H1N1流感确诊患者为25岁男性墨西哥人。该患者4月30日下午搭乘东方航空公司MU505航班经上海抵达香港，入住湾仔维景酒店。4月30日晚该患者出现咳嗽、喉咙痛、乏力等症状，当天20时许自行到香港律敦治医院求诊，并初步测试为甲型H1N1流感阳性。此人之前乘坐的航班正是AM098。

曾平清楚地知道自己和这名患者乘坐同一航班，但是香港方面没有公布该患者的座位，他也不知道自己离那人有多远。因此急忙将电话回拨过去，果然是朝阳区疾控中心的医务人员。此刻他们正开车赶来他家。

4月30日，机组人员顺利通过检查。（《今日中国》 曾平 摄）

AM098本来是正常航班，但是因为发现了墨西哥病人，中国就停止接收下一个航班，之后墨西哥就没有飞往中国的航班了，所以它成为最后一班归国航班。本来按照外文局领导的指示，《今日中国》拉美分社的人都应该尽快撤回，曾平和同事程文君乘坐星期二（4月28日墨西哥时间）的航班，吴社长（老吴）是5月1日（墨西哥时间）星期五的航班。可是，中间仅仅相隔两天，却因航班的停止而一波三折。被滞留于墨西哥的吴社长只有等到中国政府包机前往接回。然而后来5月3日中国赴墨西哥的包机也未能如期开出，他只能通过网络与吴社长保持联系。

仅仅一日，世界就发生了变化。在上海下飞机时，明明所有人的身体都很正常，工作人员宣布解散时，大家都松了一口气，想着终于要回家了。曾平那时也在想，只要疫情一缓就回到墨西哥继续工作，然而现在却要到医院接受隔离观察。

收拾好东西，安慰家人不要紧张，自己只是去接受常规检查，曾平怀着"听天由命"的想法坐在沙发旁边等候。

相关链接

【胡锦涛向墨西哥总统卡尔德隆致慰问电】

国家主席胡锦涛于4月28日就墨西哥流感疫情严重的情况致电墨西哥总统卡尔德隆，代表中国政府和人民并以个人名义，向卡尔德隆总统、墨西哥政府和人民表示诚挚的慰问。

胡锦涛在慰问电中说：在此艰难时刻，中国人民感同身受。中方愿同墨方加强合作，并提供必要帮助，共同应对人类公共卫生安全挑战。相信在总统先生和墨西哥政府的领导下，墨西哥人民一定能够战胜这场疫情灾害，早日恢复正常生产生活秩序。

（新华网）

【胡锦涛就做好防范"猪流感"疫情工作作出指示】

最近，墨西哥、美国等国家相继发生人感染"猪流感"疫情。中共中央总书记、国家主席、中央军委主席胡锦涛对此高度重视，专门就做好我防范人感染"猪流感"疫情工作作出重要指示。

胡锦涛强调，各级党委和政府一定要坚持以人为本，密切关注一些国家和地区近来发生的人感染"猪流感"疫情，及时采取综合防范措施，尤其要严格出入境检验检疫，抓紧做好应急技术储备和物资准备，广泛宣传公众防控知识，加强国际交流和合作。各地区各有关部门要加强领导，充分发挥联防联控工作机制作用，积极应对，科学处置，以确保人民群众身体健康和生命安全。

（新华网 北京4月28日电）

第四章

行动：中国式救援与防御

【温家宝主持国务院常务会议，8项措施防控"猪流感"】

　　国务院总理温家宝于4月28日主持召开国务院常务会议，听取卫生部等部门关于一些国家发生人感染"猪流感"疫情的报告，研究部署我国加强人感染"猪流感"预防控制工作。党中央、国务院高度重视疫情的发展情况和我国的防范工作。

　　目前，我国尚未发现人感染"猪流感"病例，也未在猪体内检测到类似病毒。但由于一些国家的疫情尚在发展中，病例逐渐增多，疫区不断扩大，不排除有传入我国的可能，必须保持高度警惕，采取有力措施，严密监控防范，切实保障人民群众健康和生命安全，保障社会生产生活正常进行。

　　当前要按照"高度重视、积极应对、联防联控、依法科学处置"的原则，重点抓好以下工作：（1）密切跟踪境外疫情发展情况，加强国际合作，加强同港澳台地区的合作，做好疫情研判和对我国的风险评估工作；（2）建立卫生部、质检总局、农业部及其他有关部门参加的应对人感染"猪流感"联防联控机制，分工负责、协调配合，做好预案准备，确保各项防控措施落到实处，提高防控效能。

（新华社4月28日电）

隔离前后的思考

曾平观察：午夜，电话铃响

　　对深夜来电，曾平一点都不感到意外。他告诉医护人员，不要将车开进小区，以免声音惊动更多的人。如果大家看到警灯闪闪，穿白衣的人进进出出，一定会以为发生了很大的事。医护人员答应了他的要求。10分钟后，电话铃声响起，曾平知道他们已经到楼下了。

　　晨曦中，两个戴口罩穿白衣的人在楼门口低声交谈。曾平告诉他们到小区外的桥上等，或者他直接开车到地坛医院。医护人员说还是坐救护车去吧，曾平便答应了，再三安慰家人之后，提着小行李箱到了小区外。

　　两辆车正等在那里，几个穿白衣的人迅速围了上来，问了曾平的姓名，确认是他之后又确认了他家的地址和家庭成员的名字、电话的讯息，并说不久就有救

当流感来袭
疫情第一现场目击实录

护车来接他走。

此时天已透亮,空气清新,一片春意。河边已有人在吊嗓子、晨跑,曾平却要接受隔离,心中的滋味很难形容。

等了大概半小时,救护车迟迟未来,此时,小区花房有人向他们这里张望。曾平让那两个穿白大褂的医务人员坐进车里,自己则沿河边走走,不时伸出手来,做打拳状,不知道的人准以为在晨练,实则他是不想让人们太瞩目,以免引起不必要的谣言和恐慌。

时间已经到了早晨五点半,救护车犹犹豫豫地开来,但并没有把曾平直接送去地坛医院,而是在三元桥盘桥上下,向机场方向疾驰而去。5时48分,救护车从苇沟出口出来,穿过机场高速,来到国门大饭店后面,曾平一看路边的牌子,才知地坛医院已经搬到这里。

此刻地坛医院已经进入戒严状态。救护车直接开往病房楼口,曾平被送入感染二科,10号病房。

这是一个单间,房间内有一张床、柜子、冰箱,还有一个卫生间,可以洗澡,**另外还有一台可以移动的电视。只是不能上网。**

不久,中国网工作人员即送来了上网卡,让他通过网络报告墨西哥疫情等情况。有了网络,曾平感到一下子变得有许多事要做,他有责任向外界发布医院内部的情况。

刚进入隔离病房,曾平就接受了一些常规检查:量体温,36.4℃。医院送来了病号服,一开始拿小了,后来又送了件大号的。从小到大,曾平很少住院,特别是这种正规的医院。

没过多久,曾平接到了吴社长的电话,他已经知道国内一些情况:墨西哥到中国的航班已取消,他会安心等着中国政府派专机来接。

来来往往的年轻医护人员态度很好,登记、送

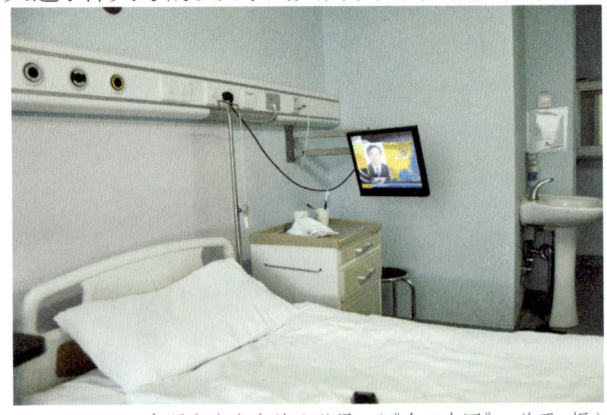

在隔离病房内关注世界。(《今日中国》 曾平 摄)

第四章

行动：中国式救援与防御

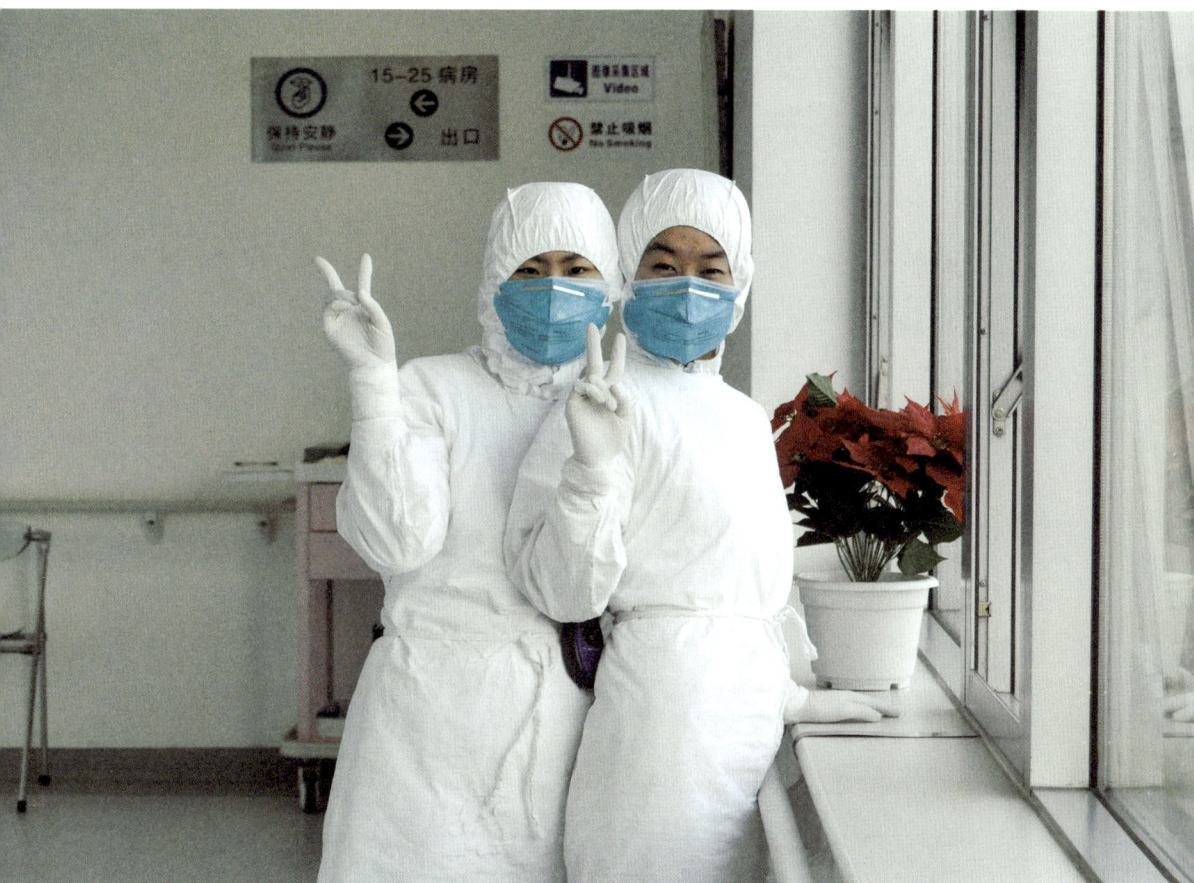

北京地坛医院医护人员天使般的微笑。(《今日中国》 曾平 摄)

饭、测体温，服务很周到；有时走廊里还会传来一阵清脆的笑声，使人感到一阵轻松。

那天同机的人陆陆续续地都来到这里，大家见了面不由得会心一笑，此时相逢绝对难得。

文君直击：意料之外被隔离

刚从AM098航班走出来的文君，本以为自己会被拉去隔离，没想到医护人员给他们检查完身体、测量体温之后，竟然放他们离开了。机场围了很多的记者询问他们的情况，有一些乘客因此摘下了口罩。其实，在飞机飞行时大家的情绪

当流感来袭
疫情第一现场目击实录

都很稳定，出于防范意识，除了吃饭，所有人其余时间里都没有拿下口罩，空乘人员也是如此。可是到家之后大家便松懈了。

看到人们把口罩摘下来，文君的心里直打鼓，毕竟如果其中有人在潜伏期，很有可能将病毒扩散到空气中，机场的人员都有可能受到威胁。如果一传十、十传百，后果更不可预料。

放行之后，文君和副社长曾平在机场宾馆住了下来。曾平乘下午的飞机飞往北京，文君则等着父母来接。

5月1日一大早，文君和父母驱车赶往老家合肥，6个多小时的旅程很顺利。然而就在他们快到高速路出口的收费站时，接到了合肥市疾病控制中心的电话，要求他们在路边停车，等待疾病控制中心的人过来：文君需要被隔离。

文君和父母感到很奇怪，为什么不在上海对她进行隔离，而现在隔离又要做什么呢？后来他们知道，就在4月30日晚，一名和文君同机的墨西哥人在香港发病了。中国政府各个相关部门紧急研究，决定对所有同班旅客实行7天的医学观察。文君必须要配合，才能保证自己和身边人的安全。

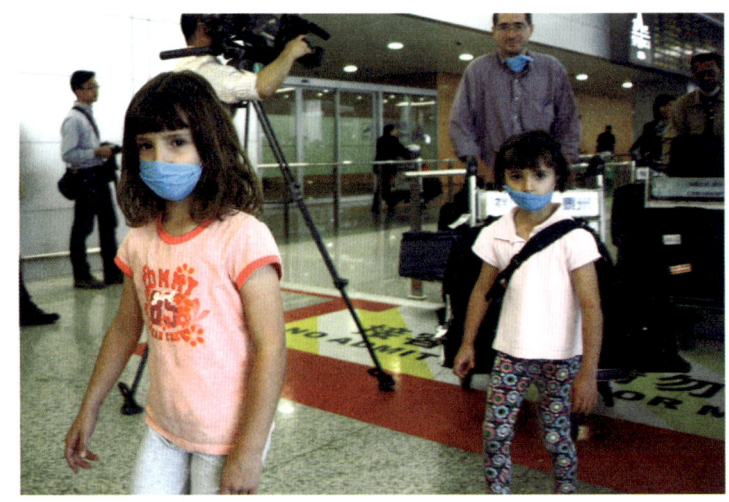

4月30日，两位小朋友走出上海浦东国际机场。（新华社 裴鑫 摄）

相关链接

【快速诊断，24小时内确诊疑似病例】

4月30日，中国卫生部长陈竺在国务院新闻办举行的通报"猪流感"疫情的新闻发布会上说：经过中国疾病预防控制中心和中国医学科学院科学家的努力，当日上午中国已经研制出了

第四章

行动：中国式救援与防御

对"猪流感"的快速诊断方法，马上就可以装备全国CDC的网络实验室系统。目前，各级卫生部门会同有关部门已采取各种措施，还向全国各地印发了《人感染"猪流感"诊疗方案（2009版）》，详细介绍"猪流感"的传染源、主要传播途径、诊疗方案、大部分患者年龄、疾病演变历史、临床早期症状及防治方法等，加强国境卫生检疫工作，全力防范人感染"猪流感"感疫情的传入，加强疫情监测工作，及时采取有效的防范措施。

中国将采取的八项防控措施包括：加强与世卫和美国、墨西哥等国政府的合作，密切跟踪境外疫情发展；加强出入境检疫检测，发布旅行卫生安全提示和警告；增加应急物质储备；加大环境卫生整治力度等。

（中国新闻网《中国政府高度重视"猪流感"疫情　推出快速诊断法》）

【中国军事医学科学院研制出抗流感病毒新药】

中国军事医学科学院针对甲型H1N1流感病毒开展的药物防治研究取得新进展，在抗流感预防和治疗药物——磷酸奥司他韦（达菲）原料药及胶囊的基础上，又开发研制了磷酸奥司他韦颗粒剂和抗流感病毒新药——1.1类化学新药帕拉米韦三水合物原料药及其注射液，体外实验表明其对流感甲、乙型病毒神经氨酸酶的半数抑制浓度IC50值是现有药物磷酸奥司他韦的1600倍，对多数流感病毒株具有很好的抑制作用。Ⅰ期临床实验表明该药品的安全性和耐受性良好，目前正在抓紧开展Ⅱ期临床研究。该注射液的研制成功，将为流感危重病人的救治提供有效的治疗手段。

（《科技日报》5月4日稿）

【医护先锋：香港】

据美国《纽约时报》报道，区分近年来发生的"非典"、禽流感和目前的"猪流感"是一件复杂的事情，这三种流感来源于不同的病毒，对人类构成了不同的威胁，威胁程度取决于病毒是否易于传播及其毒性。

SARS病毒非常容易传播，而且毒性很强。当SARS于2003年在香港爆发时，感染SARS病毒的1755人中有299人丧生，死亡率为17%。香港很好地吸取了应对SARS的经验教训，在墨西哥仍在试图确认"猪流感"病例并将样本送往美国时，香港已开始对病人样本进行基因检测。4月30日前，香港有六家当地医院的实验室进行这方面的工作。工作人员可以在数据库中查到数万名医生和护士，随时可以对他们进行动员。

香港还制订了在出现大量人员感染"猪流感"病毒情况时确保公共运输、电力、食品供应、电讯和其他重要服务正常运转的预案。当美国的许多医院都已满负荷运转，只有很少预留床位的时候，香港的呼吸隔离区仍有1400个床位，这些床位是香港每日所需床位数的15倍。不仅如此，香港已储存了2千万份达菲药物，新型"猪流感"还没有对这种药物产生抗药性。

对于人口密集、流动性大的国际性都市香港来说，非常容易爆发流感。世界卫生组织称，香港和其实验室是世卫组织在亚洲应对流感的哨兵，因为香港的检验机构可能发现来自其他地方的被感染人士。

互相鼓励好过孤军奋战

法新社称它为"杀手"，路透社评价它是"前所未有的危险"，美联社说它是"致命怪病"。

在"猪流感"绷紧全世界神经的同时，中国预防和控制"猪流感"的战役也随即全面打响。

4月24日晚，国家质检总局发布紧急公告，要求各口岸检验检疫部门对来自疫区的人进行体温检测和医学巡查。

4月27日，卫生部新闻发言人毛群安通过新华社表示："应对人感染'猪流感'疫情，卫生部已启动防控流感大流行领导专家工作机制，并及时向农业、质检等相关部门通报疫情信息。卫生部将及时发布疫情信息和应对工作进展，做好风险沟通工作。"

4月28日，国家旅游局综合协调司发布公告，在公告中要求"旅行社暂停赴墨西哥旅游组团业务，建议中国公民近期暂缓赴墨西哥旅游"，并提醒"中国游客近期赴美国、加拿大旅行注意预防'猪流感'"。

4月29日，中国外交部领事司谨提醒海外的中国公民出行注意安全

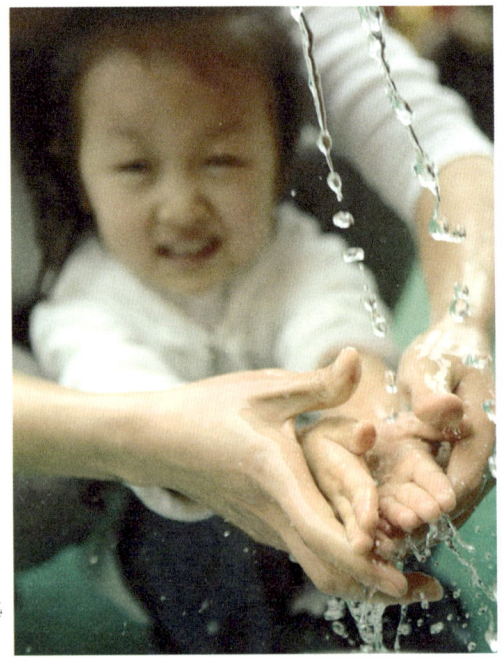

4月29日，淮北市幼儿园开展甲型H1N1流感预防教育。(《沈阳晚报》)

第四章

行动：中国式救援与防御

和做好个人防护措施，及时与旅行社等有关部门了解境外疫情。同一天，卫生部卫生应急办公室副主任梁东明也表示：目前我们主要是加强物资储备，加强人员培训，加强口岸、机场、码头的卫生检疫检验，以防病毒进入。

另外，在与世界动物卫生组织、墨西哥和美国的农业部联系过程中，农业部迅速组织中国动物疫病预防控制中心、中国动物卫生与流行病学中心等单位，组成"猪流感"监测预防专家组，研判疫情趋势，并加强防护用具、消毒用具、药品等储备。

为了遏制这次甲型H1N1流感病毒进入中国，中国政府正在不懈努力。与此同时，筹备赴墨西哥包机的事情也在紧张的进行当中。

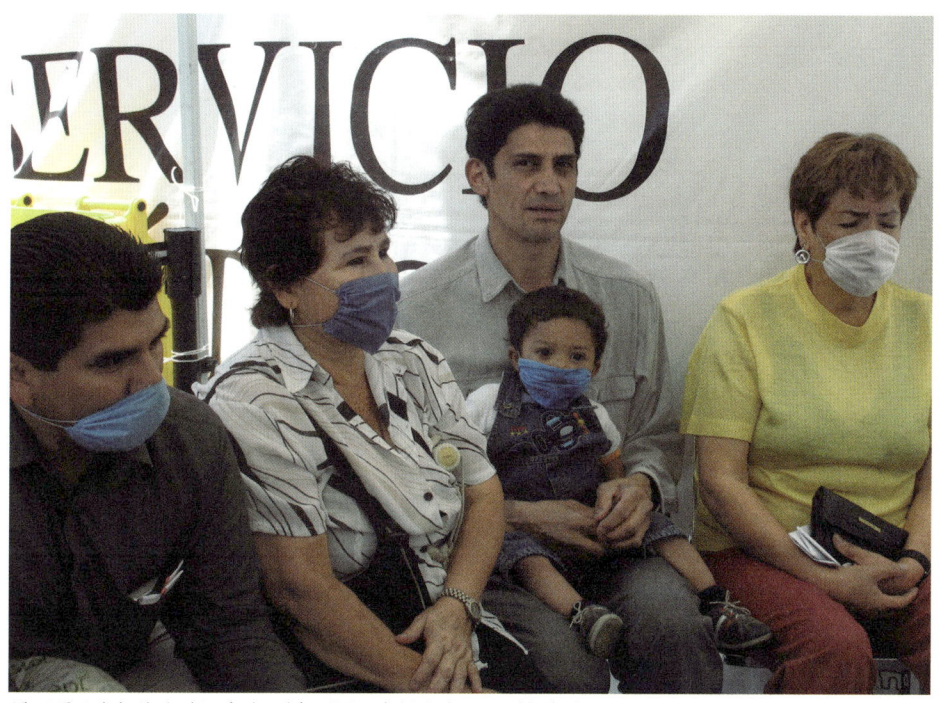
墨西哥卫生部的流动医疗站。（中国国际广播电台 于昕怡 摄）

老吴实录：等待包机的日子

曾平和程文君离开墨西哥之后，老吴似乎进入了一种"孤军作战"的状态，但是来自祖国的关怀依然源源不断地涌到他的身边。

当流感来袭
疫情第一现场目击实录

老吴不时地接到北京领导层的电话，外文局的多位领导向在墨西哥的工作人员表示慰问，并要求他和其他在墨西哥的工作人员一定要注意安全，在做好杂志发行工作的同时加强防控，注意自我保护。

《今日中国》总社还特别快递寄来80个口罩，宫社长亲自请教国内有名的防护专家，询问在墨西哥应该注意的防控措施，然后通过网络将防护知识发给他，要求分社做好消毒、预防各方面防护工作。

中国驻墨西哥大使馆的新闻秘书也打来电话代表殷恒民大使慰问，希望大家有情况及时向使馆通报。国内专机到来时，运来了一些防护用品，大使馆打电话通知老吴去取东西，给每个人发了10个口罩，另外还有板蓝根、一些预防药品，所有新闻单位每人一份。

在困难时期，团结和互助成了国人心中的支柱。

相关链接

【4月30日，一场严肃、及时、鼓舞人心的新闻发布会】

在4月30日下午的国新办新闻发布会上，卫生部部长陈竺表示，按照党中央、国务院的要求，已建立了由卫生部牵头的多部门人感染"猪流感"联防联控工作机制，按照高度重视、积极应对、联防联控、依法科学处置的原则，分工负责、协调配合，做好应对预案准备，明确相关职责，落实防范措施。卫生部会同农业、质检等部门进行紧急会商，制定疫情防控策略和措施，严防人感染"猪流感"疫情的传入。国家有关部门和地方各级政府认真落实中央指示精神和国务院的统一部署，迅速启动应急响应机制，全力保障我国公共卫生安全。

陈竺表示，综合国内外专家意见，目前人感染"猪流感"疫情具有以下几个特点：

一是此次疫情由新的"猪流感"病毒变异株引起，人群普遍易感，已引起跨国、跨洲传播。

二是出现了人传人病例。

三是目前墨西哥出现了较多的重症和死亡病例。

四是流感病人在发病前一天已可排毒，有些人感染后不发病，但仍然具有传染性，隐性传染比例相当高，因此不能排除疫情传入我国的可能。

（中国网 4月30日《卫生部牵头加强人感染"猪流感"防控工作》）

第四章

行动：中国式救援与防御

【温家宝：今年非常困难 流感疫情影响经济】

5月1日是五一国际劳动节，中共中央政治局常委、国务院总理温家宝来到北京地铁建设工地看望工人，向他们致以诚挚的问候和良好的祝愿。

微风拂面，细雨濛濛。上午9时许，温家宝在中共中央政治局委员、北京市委书记刘淇和北京市市长郭金龙陪同下，来到位于北京南四环附近的地铁9号线科怡路站建设工地。地铁9号线全长16.5千米，南起丰台区郭公庄，北至海淀区白石桥，今年内将实现部分区段开通运营。

"我来看望大家，祝大家节日愉快！"一下车，温家宝就快步走到工人们面前。总理的到来，让大家喜出望外。温家宝亲切地问道："你们是哪里人？"工人们一个个抢着回答"河南南阳"、"河北涿州"、"甘肃平凉"……总理接着说："大家来自五湖四海，要像亲兄弟一样互相关心、帮助。"

"你在北京多长时间了？"温家宝又问一位年龄比较大的农民工。"十年了。""你已经是北京人了。"听到总理的话，大家笑了起来。

温家宝一边认真察看工地，一边详细询问地铁建设情况。工人们正在忙碌地搭设车站顶部的钢筋梁架，温家宝与正在干活的惠友全聊起来。"过节家里人来吗？""没有。""想家吗？""出来打工就要一心一意。"总理称赞道："说得好，将来北京市民乘上舒适的地铁，都要感谢你们。"他还和工人们一起用钢丝绑扎起钢筋梁架。

科怡路站施工的一线工人绝大多数是农民工，他们正在为地铁9号线早日开通加班加点工作。温家宝说："农民工为我国工业化、城镇化作出了重要贡献，你们已经成为我国工人队伍中的一支主力军。我向大家表示感谢和敬意！"

温家宝说，党和政府十分关心农民工。为改善广大农民工的工作和生活条件，采取了一系列政策措施，加强农民工培训，吸收更多农民工就业；建立包括工伤、医疗、养老在内的比较完善的保障体系，工伤和医疗保险，大多数已经建立起来了，养老保险及转移接续制度正在制定；高度重视农民工的生产安全，工地上也安上了安全监测仪。

温家宝还来到工人宿舍区。食堂门口，几名女工正在忙着准备午饭。他走过去坐在马扎上一边择菜，一边询问她们的工作生活情况。他走进厨房，看着桌上的食品，叮嘱厨师，要注意卫生，让工人们吃上可口的饭菜。他还在工人宿舍和大家唠家常，当得知他们有活动室、有电视、有书报，还能练字时，总理笑了。他说："你们的生活很丰富。"

临行前，工人们围拢到温家宝身边。望着一个个质朴的面庞，总理深情地说，今年是我们国家非常困难的一年。我们遭受了百年罕见的国际金融危机的严重冲击，最近一些国家又发生了甲型流感疫情，也会对我国经济社会发展带来影响。但是我们相信，只要坚定信心，迎难而上，有党和政府的坚强领导，有正确的方针、政策和措施，有全国人民的团结奋斗，有工人、技术人员和干部的创造性工作和劳动，就一定能够战胜任何困难。

（大河濮阳网《温家宝：今年是非常困难的一年 流感疫情影响经济》）

当流感来袭
疫情第一现场目击实录

【胡锦涛同美国总统奥巴马通电话】

国家主席胡锦涛5月6日晚应约同美国总统奥巴马通电话。

胡锦涛对近来美国部分地区发生甲型H1N1流感表示诚挚慰问。他表示,中国政府高度重视防范甲型H1N1流感,已迅速启动了应急机制。我们愿同世界卫生组织、美国等有关方面保持沟通、加强合作,共同应对这场人类公共卫生安全挑战。

奥巴马感谢胡锦涛的慰问,表示美方采取了有效措施应对甲型H1N1流感,并将继续密切关注事态发展。

(新华网 北京5月6日电)

【中国"狙击战"获世卫好评】

截至5月4日,全球感染甲型H1N1流感病毒的病例较此前统计仍有增加,各国进一步加强了应对措施。世卫组织表示,必要时会将警戒水平提升至最高的6级。世卫组织疫苗研究倡议主任Marie-Paule Kieny称新疫苗投入市场还需4~6个月。

在甲型H1N1流感不断蔓延的情况下,中国香港特区确认一例患者。上海、北京等地均有流感密切接触者在接受医学观察。3日,中国各地应对此次疫情的措施继续加强,严密防范疫情爆发。

目前,中国已经在甲型H1N1流感特异性快速诊断试剂研制方面取得成效,有关试剂将很快配备全国84个网络检测实验室。

中国卫生部当天下午发出通报称,4月30日墨西哥航空公司AM098航班上所有乘客去向均已查明,停留国内的乘客都已找到,并在各地实行就地隔离和医学观察。截至5月4日12时,隔离观察的全部乘客情况良好,未发现发热等症状。

中国政府要求,有关省份做好甲型H1N1流感病例密切接触者所在地区的防控工作,进一步加强疫情监测工作,实行日报告和零报告制度。

为防止加拿大阿尔伯塔省甲型H1N1流感传入中国,国家质量监督检验检疫总局和农业部3日晚发出紧急公告,禁止直接或间接从加拿大阿尔伯塔省输入猪及其产品。此外,国家质检总局为防止甲型H1N1流感传播,保护出入境人员的健康安全,从3日晚8点起,将全面恢复入境人员填报《出入境健康申明卡》制度。

外媒评论说,中国全力实施控制疫情爆发的周密计划。中国2日邀请世卫组织专家帮助防止甲型H1N1流感的传播。中国卫生部称,世卫组织驻华代表韩卓升高度评价中国政府在甲型H1N1流感准备和应对方面所采取的积极措施。

(中国网 《全球甲型流感病例增加 中国"狙击战"获世卫好评》)

第四章

行动：中国式救援与防御

【四川进行全面防控】

5月11日，四川机场集团表示，接到成都出现甲型H1N1流感疑似病例的消息后，双流机场已启动防控应急预案，对机场大面积消毒，包括通道、候机厅、安检区、廊桥等，每天上下午各一次；对川航3U8882航班的停机坪和乘客所经过的区域进行重点消毒。

据了解，为防控甲型H1N1流感，4月30日四川机场集团就已启动预防预案，之后双流机场又发布了预案工作流程。此前，机场方面在SARS期间使用过的四台红外线体温测试仪已准备就绪，一旦接到上级指示将立即启用。在物资方面，机场方面还准备了喷雾器、消毒药物、隔离服、口罩、面罩等，必要时工作人员将立即对防护措施进行升级。

据四川机场集团总经理办公室副主任余吟波介绍，目前双流机场一切正常有序。

（中新社　成都5月11日电）

博友之声

【今日感慨：参加一次甲型流感检疫】

美国现在是甲型流感（原称"猪流感"）疫区（在经过我们中国作为"非典"和禽流感疫区后，美国成为疫区让我们中国人有一种时空交错的微妙感觉），我们的飞机AA289美联航的飞机就是从美国疫区飞回上海来的。起飞之前助理已经告诉我说本航班会成为重点检疫对象，有了这一层的心理准备，飞机降落上海以后得到机长通知，说上海官方检疫人员会上机检查也就丝毫没有感到奇怪。

5月6日，在经过14小时的漫长飞行之后，刚降落上海浦东机场的AA289航班停留在机场的远端，等待一个小时以后飞机再移动了一点，靠近二号停机楼，我的司机告诉我机场外面聚集了不少全副武装的检疫人员和120急救车，再等了一会儿就看到有全身密封包裹的检疫人员登上飞机，并要求全体乘客安静地坐在自己的座位上，他们使用红外测温装置为乘客测体温。其实测法也很简单，就是让乘客把眼睛闭上，在乘客的额头扫描三四个来回，扫描的时候可以看到清晰的红色梅花状红外线形状，非常类似电影中枪战里面的红外瞄准仪投射的红点。如果没有异常温度，那么扫描5秒钟左右就结束了。检疫人员的工作效率很高，只用了不到半小时就完成了全机的测温。而且他们的态度也很和善，用中英文对不同的乘客提出闭眼的要求，而且他们也完全不干涉旅客对他们的工作情景拍照的做法。当然，现场的旅客也非常配合，没有人有躁动或者对检疫时间较长表示不满。有些美国乘客还认为这种测温方法应该推广作为医院的日常测温方法。

当流感来袭
疫情第一现场目击实录

我这次去美国参加学术交流会正值甲型流感在北美爆发时期,因此也有朋友劝我别去了。不过我总觉得这样的时候突然不去显得对于会议组织者不够礼貌,我们有禽流感的时候也不希望客人以此作为拒绝来的理由。走前,细心的助理还给采购了一堆口罩与药皂,也有朋友好心地提醒我在公共场合的注意事项。到了美国才觉得很难发觉他们的紧张情绪,因为没有人戴口罩,似乎也没有人特别为此而形成新的卫生习惯,只是在有些交谈场合,人们拿"猪流感"开玩笑,带去的预防用品也就一直没好意思拿出来使用。在回来的航班上,本来准备戴个口罩,但是因为没有其他人戴,最后我还是决定不戴了。但从内心来说,还是有点担心,万一飞机上有个发烧的人,那么至少得被隔离若干小时呢,幸好这样的情况并没有发生。从上海机场的检疫效率中也可以看到中国在过去的公共卫生防疫检疫经验中得到的进步。我当然衷心地希望,中国因有这样的能力与机制而能够将甲型流感拒于国门之外,这将是我们大众之福。

(新浪博客 袁岳)

第五章

努力：
流感在继续，生活也在继续

从希望中得到欢乐，在苦难中保持坚韧。

——（美国）肯尼迪

当流感来袭
疫情第一现场目击实录

  自4月23日墨西哥流感疫情大爆发以来，每个今天踩着昨天的影子，每个明天祈盼着平安的后天，时间已经过去了十多天，疫情仍在不断蔓延。5月3日，世界卫生组织发表疫情最新报告说，加拿大首次在活猪身上发现甲型H1N1流感病毒。加拿大艾伯塔省一个养猪场的工人从墨西哥归来之后，曾与染病猪群有过密切接触，世卫组织称"极有可能"是他把病毒传染给了猪。幸运的是，还没有证据表明病毒在跨越物种的传播中出现了任何适应性的变化。
  从墨西哥开始的这场流感灾难，横冲直撞，肆无忌惮地向人类的生命防线发起了挑战。

——题记

第五章

努力：流感在继续，生活也在继续

隔离第三天，喜忧参半

当甲型H1N1病毒高唱着激昂的战歌，不断将战场扩大时，越来越多的人被卷入了这场死亡与健康的角逐。

5月4日，位于加里曼丹岛北部的文莱迎来了一架来自英国的包机，当机上的200余名乘客依次通过机场扫描仪时，其中3名乘客被发现体温略高于正常水平。尽管初步检验结果呈阴性，但这3人仍属甲型H1N1流感"高危感染者"。作为预防措施，文莱卫生部决定将这3人送往医院单独隔离，而机上所有乘客都曾到过已经发现甲型H1N1流感病例的国家，因此文莱政府决定将机上其余人隔离10天。对于这200名乘客来说，"失去自由"的生活刚刚开始，而身在北京的曾平已经进入了隔离的第三天。

5月4日，一名在香港维景酒店内接受隔离的旅客向楼下的人挥手致意。（新华社 周磊 摄）

当流感来袭
疫情第一现场目击实录

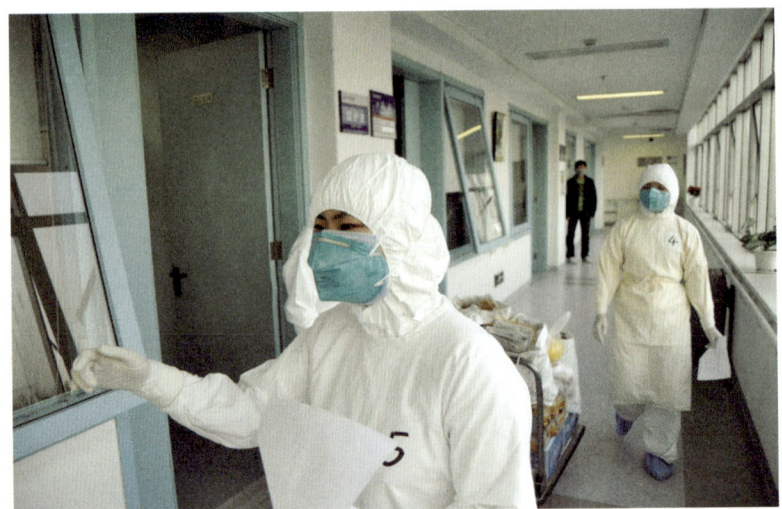

"请大家收拾衣物。"(《今日中国》 曾平 摄)

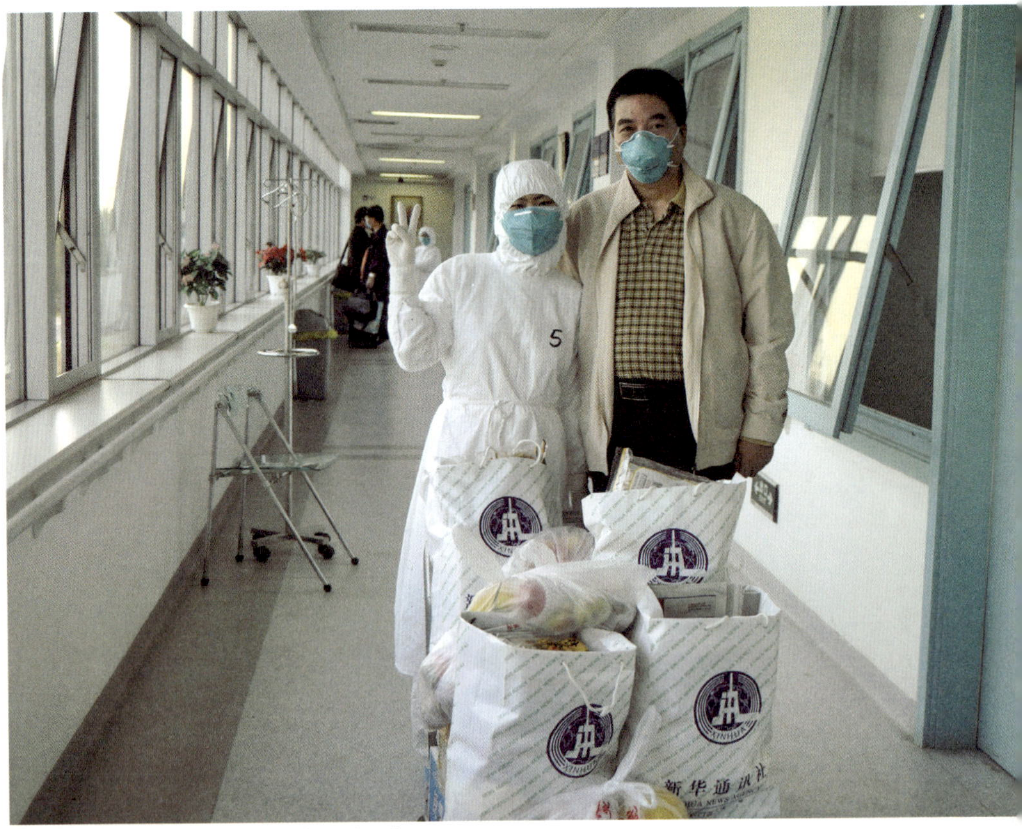

5月3日,曾平与医护人员合影。(《今日中国》)

第五章

努力：流感在继续，生活也在继续

解除隔离之后，曾平与宾馆工作人员合影。（《今日中国》）

曾平观察：让人欢喜让人忧

5月4日，迎着清晨的第一缕阳光，曾平早早起床，开始为中央人民广播电台《中国之声》的采访做准备。"舒服"而又"忙碌"的被隔离的第三天就此拉开序幕。

作为一名新闻工作者，职业敏感已经成为曾平潜意识中不可剥离的一部分。在隔离期间，他像往常一样，时刻关注着当天的重要新闻，而这一天里，CCTV报道的两则消息，让他忽而欢喜，忽而忧愁。

当天凌晨3时37分，我国政府援助墨西哥的第二批紧急人道主义救援物资从北京首都国际机场启运，预计将于北京时间当晚17时54分抵达墨西哥。

当流感来袭
疫情第一现场目击实录

口罩、眼罩、手套、消毒用品和体温检测仪等将6300个箱子塞得满满当当，这批约475立方米、70吨的物资由南方航空公司承运，乘着茫茫的夜色，飞向了遥远的大洋彼岸。

此前，中国政府4月29日宣布，向墨西哥提供500万美元人道主义紧急援助，以帮助墨西哥政府应对甲型H1N1流感疫情，其中包括100万美元现汇援助，400万美元物资援助。 100万美元现汇已于4月29日汇往中国驻墨西哥大使馆转交墨方。

三天之前，也就是劳动节的凌晨，当墨西哥人民刚刚进入最甜美的梦中时，中国政府援助墨西哥的第一批物资已经抵达。首批物资主要包括口罩、手套、隔离服、消毒用品和红外测温计等，共计约4500箱、440立方米、80吨。墨西哥总统卡尔德隆、外长埃斯皮诺萨以及多位政府高官与中国驻墨大使殷恒民等使馆主要外交官出席交接仪式。卡尔德隆总统代表墨政府和人民感谢中国政府向墨提供紧急援助。

5月1日，墨总统卡尔德隆（中）代表墨政府接受了中国政府的捐赠物资。中国驻墨大使殷恒民（左）和墨外交部长埃斯皮诺萨（右）出席了捐赠仪式。（新华社 鲍菲菲 摄）

看到电视画面上那架飞机尾翼上盛开的木棉花，看到那一件件巨大的货柜缓缓装入机舱，曾平不由得心生感慨。不久之前他也置身于墨西哥城，那段日子，他只有一个薄薄的口罩，并非他缺少对流感的防控意识，而是因为当时街面上口罩等防护用品早已脱销。他就戴着这个口罩，奔波辗转于墨西哥城的大街小巷，忙碌地工作着。后来在社长老吴的建议下，他只好买些绷带剪开，不时地换上一块，就连乘坐AM098航班归国时，在漫长的旅途中，他也只换了一块绷带。所以，每一个亲历了这场非常事件的人，都能够深刻地感受到：这些平时不起眼的防护用品，此时却成了生命的一条防线！

第五章

努力：流感在继续，生活也在继续

电视画面上，南航的飞机缓缓飞过，尾翼上的木棉花触动了曾平心中的牵挂。木棉花的花语是珍惜身边的人，珍惜身边的幸福。

想到在遥远危城中的老吴以及其他同胞，曾平深深地明白，即使暂时失去了自由，自己也是幸福的，毕竟自己还在家中。当隔离中的人们热盼着自由时，远在海外的同胞们却更执著于一个念头：回家。

此时此刻的北京，迎来了初夏的高温时节。天气的燥热像是在墨同胞内心情绪的写照，街上一如既往的车水马龙却像是他们心中不断闪过的各种念头。为了将这些漂泊在外的游子接回国，政府在做着最大的努力。

原计划3日晚赴墨西哥接回中国旅客的包机没能如期启程。按照国务院的紧急部署，南航的飞机应该于3日晚21时从广州起飞接回目前滞留在墨西哥的120余名中国公民。而3日18时，南航赴墨西哥包机机组接到上级通知，取消飞行计划。据南航有关人士透露，该航班是否还将执行、具体执行日期等都将听候上级指令才能确定。

在此之前，南航方面为了完成此次特殊的包机任务，做了大量的准备工作。

机组中的每位飞行人员政治素质高、业务能力强、执行过多次包机任务。

机组人员经过了三轮筛选。

第三轮考核侧重考虑了工作人员的心理素质和应急反应能力。

这般精挑细选之后产生的人员名单可谓"黄金搭配"，最后确定的4名飞行人员原计划乘坐3日CZ327航班至美国洛杉矶，与南航在洛杉矶的另外4名飞行员、2名安全员和12名乘务员会合，共同执行洛杉矶—墨西哥城—蒂华纳—上海浦东航班的飞行任务，接回滞留墨西哥的120余名中国公民。

当大洋两岸的人们都对包机翘首以盼时，不得而知的障碍却将这次飞行"搁浅"。

飞机随时能够起飞，无奈却未能成行。曾平一下子就想到了老吴。

几天前，当他们在墨西哥城机场分手的时候，曾平和文君非常担心他的身体，老吴却微笑着说"过几天北京见"。他原定乘5月1日晚上的飞机回国，但由于30日抵沪的墨西哥航班上发现流感患者，中国政府取消了原有航班，改由中国政府派专机接运滞留在墨西哥的中国旅客和华人华侨。昨天曾平还和老吴通过电话，说5号他就可以到上海了，但得接受7天的隔离。

在地球那边,老吴笑了,连说:"应该、应该!"

而这意料之外的延期,却不知道将拖到何时。

相聚的日子,究竟还要多久?

相关链接

【流感来袭,别让口罩遮住微笑】

当甲型H1N1流感逞凶时,人们并没有忘记生活本身的精彩:当墨西哥城的市民戴着五花八门、造型各异的口罩行走在街头时,因疫情而略带沉闷的世界也陡然增添了几分亮色。

流感盛行,人们最为有效的防护措施莫过于出门时戴上口罩。墨西哥人为墨西哥城雕塑所戴上的口罩,在警示世人的同时,更让我们看到了人类的抗争、奋斗、无畏、智慧和幽默。

虽然在全球经济寒流尚未退却之时,"猪流感"的来袭有点让人猝不及防;虽然"猪流感"暂时没有发现预防性疫苗,以至于该疫情成为"具有国际影响的公共卫生紧急事态",但是只要我们众志成城,"猪流感"是可控可防可治的。最重要的是我们有口罩,它挡住了病毒,却遮不住笑容,更重要的是它也是一种暗示:人类在肆无忌惮地开怀大笑时,不要忘记"口罩"的作用,不要忘记需要一种罩住自己言行的无形罩子,不要忘记收敛自己的行为,使之合拍于人类与自然和谐共处的理想,以便获得更多共生共赢的机会。

只要有能力微笑,我们就有义务向世界报以笑脸。这场流感"狙击战"虽然十分艰巨,但一切坎坷都会走远,明媚的阳光必将重现。"猪流感"来袭,可别让口罩遮住了微笑。

(《长江日报》)

【墨西哥人的黑色幽默】

在流感阴影笼罩下,墨西哥人并未以愁容相对,反而以黑色幽默苦中作乐。歌词搞笑的流感主题打油歌在排行榜上节节攀升,流感笑话传得比病毒还快。

墨西哥人天生热情洋溢,接吻、拥抱、握手、在拥挤的餐厅和朋友聚餐等,原本是生活中最真实的一部分。现在为了抗流感,他们必须调整生活。

但即使是被禁足在家,墨西哥人还是有办法为生活增添色彩。他们在防流感口罩上发挥创意,一些人画上性感的大嘴唇或是夸张的胡须。报章也分发免费的笑脸贴纸,让人们装饰自己的口罩。

墨西哥人虽足不出户,但他们的流感笑话还是快速传遍大街小巷。其中一个笑话大意是:

第五章

努力：流感在继续，生活也在继续

"你知道吗，墨西哥已经成为世界强国了，它一打喷嚏，全世界都得流感。"

由于全城关闭5天，唯一消遣是家中的电视。不过，即使是墨西哥人爱看的电视长寿剧也受到流感波及。电视台已下令，为遵循政府的指导原则，电视剧中不可或缺的热吻镜头将被删除，以避免演员近距离接触。电视台发言人说："如果剧情需要接吻，我们将遵循安全指示来拍这场吻戏，以避免演员的健康受威胁。"不过电视台并没有说明，所谓"安全接吻"究竟要如何进行。一名文化评论员因此揶揄道："在流感瘟疫结束前，演员们恐怕只能靠心灵接吻了！"

（《联合早报》墨西哥城美联电）

"我们的孤独不寂寞"

隔离的日子可能略有些枯燥，等待归国的心情则更多了些沉重。当原定于5月3日晚飞往墨西哥的包机被取消之后，大洋两岸的人们都不免心中惴惴。

曾平观察：包机何时成行

隔离中的曾平心中像揣了一块石头，他担心着被滞留在墨西哥的老吴社长以及其他在墨同胞，也困惑于包机取消的原因。

同样是在5月4日这一天，曾平在电视上看到了另外一则新闻：中国外交部发言人马朝旭表示，中国隔离墨西哥来华航班乘客，并非针对墨西哥公民，也没有歧视性，纯粹是卫生检疫问题。

作为4月30日来华的AM098航班上的乘客之一，曾平同那位墨西哥公民一样，接受了隔离观察。他自己从未对此事产生过任何怀疑，虽然墨西哥称中方将没有感染病毒的墨西哥公民进行隔离是歧视性做法，但对于一个有着13亿人口的大国来说，这是防控甲型H1N1流感疫情的必需之举。

身在墨西哥时，每次看到在大街上奔跑的孩子，曾平都不由得心生感慨。如花的年龄，他们尚不知什么是灾难，在他们的印象中，世界是美丽的，只有灿烂的阳光，动听的鸟语，悠然的花香，而疫情却像是一只悄悄伸过来的魔爪，将这些美丽一点点剥夺。

当流感来袭
疫情第一现场目击实录

4月30日，墨西哥城，一位父亲抱着孩子排队等待进行甲型H1N1流感病毒的检测。（新华社 戴维 摄）

防控，防控，防控！即使只是为了这些天真的孩子，每个人不都应该担负起自己的责任吗？

当两天前曾平在新闻中听到墨西哥外长提醒本国公民不要去中国旅行时，心中百味杂陈。被隔离的不仅仅是墨西哥人，100多位从墨西哥回来的中国人，也受到了隔离，每个人心中都有一杆秤，从大局出发，为更多数人的健康着想，共同应对疫情，才是世界各国人民的共同愿望和责任。

文君直击：电话那端的温情

此时此刻，在合肥市一座安静的居民小区里，某个房间的电话正响个不停。

被隔离在家中的文君，一天之内接到了数十个电话，有的来自局党委领导，有的来自社总编室，有的来自同事，有的来自亲朋好友，无不在表示对她的关怀与祝福。

同曾平一样，文君回到家之后也接受了医学隔离，由于她回家之后和父母有过密切接触，她的父母也必须接受7天的医学观察。文君的父母都是老师，学校

第五章

努力：流感在继续，生活也在继续

里的其他老师也打电话来，询问他们是否需要帮助，帮忙买菜、买水果。

虽然隔离在家的日子有些乏味，这些来自四面八方的关怀却让她感到了别样的幸福，但当文君接到曾平的电话，得知南航包机被取消的消息时，不由得忧虑起来：老吴社长能否安全回国呢？

5月4日22时，好消息终于被等来了：南航赴墨西哥包机将从广州白云机场起飞，前往墨西哥接回滞留旅客。

那一刻，文君笑了，她眼前仿佛浮现出了吴社长孩子般兴高采烈的表情，她想吴社长一定会大声地说："胡主席派专机来接我们啦！"

老吴实录：终于要回家了

其实，听到祖国的包机终于要来的消息时，老吴心中并没有太多的惊喜。这份淡定源于一种信仰，他从开始就执著地相信：回家，只是迟早的事情。

漂泊在远方的游子，就像是一只只风筝，而风筝的线，就在祖国的手里。祖国像是一位仁慈的长者，不论风筝飞多高，飞多远，飞多久，一旦狂风暴雨袭来，她必定竭尽全力将风筝收拢到怀中。

等待包机的日子，老吴很少上街。特殊时期身在异乡难免孤独，但当来自祖国的关怀飞越海洋，将自己环绕其中的时候，老吴明白，虽然孤独，但并不寂寞。

来自四面八方的祝福让老吴每时每刻都感受到一种温暖的支撑，他知道，无论与祖国相隔多远，他身后永远都有同胞们祝福的目光。

身在异乡他国，乡音总是令人动容的，所以当那一天，老吴接到中国驻墨西哥大使馆的电话时，内心的涌动在刹那间升腾，老吴眼睛湿润了。

电话那头，殷恒民大使的声音传来："老吴，包机已经确定了，马上将从白云机场起飞，准备回家吧！"

回家，回家真好！

此时此刻，流感依然在肆虐，确诊病例仍在上升，疫区仍在扩大，而在这危城之中，却有一股浓浓的爱温暖着孤独的心灵。

当流感来袭
疫情第一现场目击实录

相关链接

【"猪流感"来袭，需警惕但不要恐慌】

4月29日晚（墨西哥时间），世界卫生组织宣布甲型H1N1流感的警告级别从4级提高到5级。由"猪流感"引发的全球紧张，已经有发展到恐慌的趋势。迅速的信息传播与过去重大疫情的阴影加剧了紧张和忧虑的气氛。

目前，人们对"猪流感"的担忧主要有两方面：一是疫情的扩散，尤其是发展为人与人之间的感染；二是对经济的影响。流感疫情的蔓延不仅对人的生命安全构成了威胁，对于本已困难的全球经济，更是雪上加霜。

但是，和过去相比，目前全球范围内的疾病监控系统和应对大规模疫情传播的经验要比以前好得多，民众对疫情的防范心理也是前所未有的。世卫组织总干事陈冯富珍女士在宣布提高警戒级别时说："世界准备应对流感的准备，比历史上任何时期都要充分。"在流感方面，储备的药品也相对充裕。

所以，从整体环境来看，现在各国都应该做好对付最糟糕情况的准备，结合密集监测与对新型流感病毒的研究，伴之以清晰的公众信息宣传活动。但正如美国总统奥巴马所言，对"猪流感"需要高度警惕，但没理由惊慌。

（《羊城晚报》）

【抵御甲型流感，需要四大防线】

甲型流感的致命率不比SARS高，但是传播能力远远超过SARS，所以，人群流动频密及人口密度高的亚洲城市，最容易爆发疫情。

人类能否成功抵御这种病毒，主要靠四大防线。

第一道防线是人体的抵抗力。各种病毒一直洗牌、变种，越来越强大，因此人的抵御系统，已经无法抵挡病毒的入侵；即使甲型流感很快"消失"，相信不久之后又会出现另一种可怕的病毒。而且环境的污染、化学物质，也削弱了人体的免疫力，所以人类的身体防线早就被肉眼看不到的病毒击败。

第二道防线是信心。保持信心才能避免恐慌，恐慌将造成决策上的失误。坚持信念才能够战胜病毒、保持斗志；也只有信心才能维持人类和病毒作战的尊严。

第三道防线是机动力。要防堵病毒的散播，迅速的行动和应对策略最为关键，因此政府的态度很重要，不要因为害怕疫情曝光而躲躲闪闪，否则就是拿人民的生命来开玩笑。

除了预防措施外，也要加紧发明疫苗。药剂公司是在商言商，有赚钱的潜能才会投资研发药物；当甲型流感消失时，药剂公司可能就会失去研发疫苗的兴趣，但是没有人能够确保病毒不会卷土重来。

第五章

努力：流感在继续，生活也在继续

新型疫苗研发时间，需要4~6个月，要大量生产则还需要几个月的时间。

第四道防线是资源的调动。要战胜病毒，不能单靠信心喊话，还要投入资源和援助。

但是，在金融海啸冲击全球经济后，令人担心一旦较贫困国家爆发疫情，它们是否有能力应战？而且在美国致力于挽救其银行和企业的时候，美国等先进国家是否还有款项来救援？如果疫情失控，对全球经济是雪上加霜。

一场全球瘟疫考验了人类自救的能力，但是从历史来看，人类应可克服疫情，但病毒在未来还会反扑，所以"战争"将会延续。

(中新网《人类抵御甲型流感靠四大防线》)

【"猪流感"来了吃什么】

"猪流感"来了，许多人认为猪肉、鸡肉、牛肉、牛奶等禽畜食品似乎都成了疾病的传染源。不过肉类只要做熟了，传染疾病的病毒可以完全被杀死，人们一样可以食用。另外，水果、蔬菜等食物比较安全，既能补充人体所需要的维生素和矿物质，还能提高人体免疫力，尤其是西红柿、西葫芦、草莓、苹果、红枣、胡萝卜等。

此外，如菊花茶或者菊花粥，对于预防病毒性呼吸道感染具有一定作用。银耳粥，清热降火，还可以提高机体免疫力。

近日，美国MSNBC新闻网向大家介绍了9种食物。

1. 酸奶：益生菌保护肠道，避免致病细菌的产生。有些酸奶中含有的乳酸菌可以促进血液中白血球的生长。

2. 红薯：增强皮肤抵抗力。皮肤也是人体免疫系统的一员，是人体抵抗细菌、病毒等外界侵害的第一道屏障。

3. 茶：抗细菌防流感。哈佛大学的免疫学者发现，连续两周每天喝5杯红茶的人体内会产生大量的抗病毒干扰素，其含量是不喝茶的人的10倍，这种可以抵抗感染的蛋白可以有效帮助人体抵御流感。同时，还可以减轻食物中毒、伤口感染、脚气甚至是肺结核和疟疾的症状。

4. 鸡汤：美味的感冒药。鸡肉在烹饪过程中释放出来的半胱氨酸与治疗支气管炎的药物乙酰半胱氨酸非常相似，有盐分的鸡汤可以减轻痰多的症状，因为它与咳嗽药的成分很像。炖鸡汤时加些洋葱和大蒜，可让效果更显著。

5. 牛肉：补锌增强免疫力。锌可以促进白血球的生长，进而帮助人体防范病毒、细菌等有害物质。牛肉是人体补充锌的重要来源，所以，适当进补牛肉，可预防流感。

6. 蘑菇：促进白血球抗感染。研究发现，吃蘑菇可以促进白血球的产生和活动，让它们更具防范性。

7. 鱼和贝类：补硒防病毒。英国专家研究指出，补充足够的硒可以增加免疫蛋白的数量，进而帮助清理体内的流感病毒。

8. 大蒜：大蒜素抗感染和细菌。食用大蒜可让感冒发生几率降低2/3。经常咀嚼大蒜的人患结肠癌和胃癌的几率也会大大降低。

9. 燕麦和大麦：健康纤维抗氧化。食用燕麦和大麦，可以增强免疫力，加速伤口愈合，还能帮助抗生素发挥效用。

"最后"的航班

经过几度磋商，中墨两国互派包机接回本国公民一事终于得到了解决，争端就此结束。

5月4日22点，乘着茫茫的夜色，南航派包机从广州白云机场起飞，前往墨西哥接回滞留旅客。

此次包机由广州白云机场直接飞往墨西哥城、蒂华纳两地，预计北京时间（以下均为北京时间）5月5日13：30到达墨西哥城，15：00飞离墨西哥城；17：30到达蒂华纳市，19：00飞离蒂华纳市，如果一切正常，包机将于5月6日9：00返抵上海浦东国际机场。

南航执行包机任务的是波音777—200型飞机，满员载客284名，此次是空机由广州飞往墨西哥。南航精心搭配最强飞行力量，机组成员对飞行各环节也已做好充分准备，并提前做好了甲型H1N1流感防护知识培训以及突发情况预案，以确保飞行安全和防疫措施万无一失。

除机组成员外，卫生部一名防疫专家和南航航空卫生中心医生也同机前往，随机全程监控卫生保障。专家们将在航班上为旅客现场讲解甲型H1N1流感防护措施，并随时留意旅客健康状况。同时，飞机上的一切餐食和饮用水，南航都从广州携带，并在航班上配备充足的抗病毒药物以及医用口罩、体温计、消毒液等医疗器材。

滞留在墨西哥的中国人，牵动着无数人的心。当包机划破广州白云机场的夜空时，很多人都在心中暗暗祈祷，"一帆风顺"成了那一瞬间最美丽的祝福。

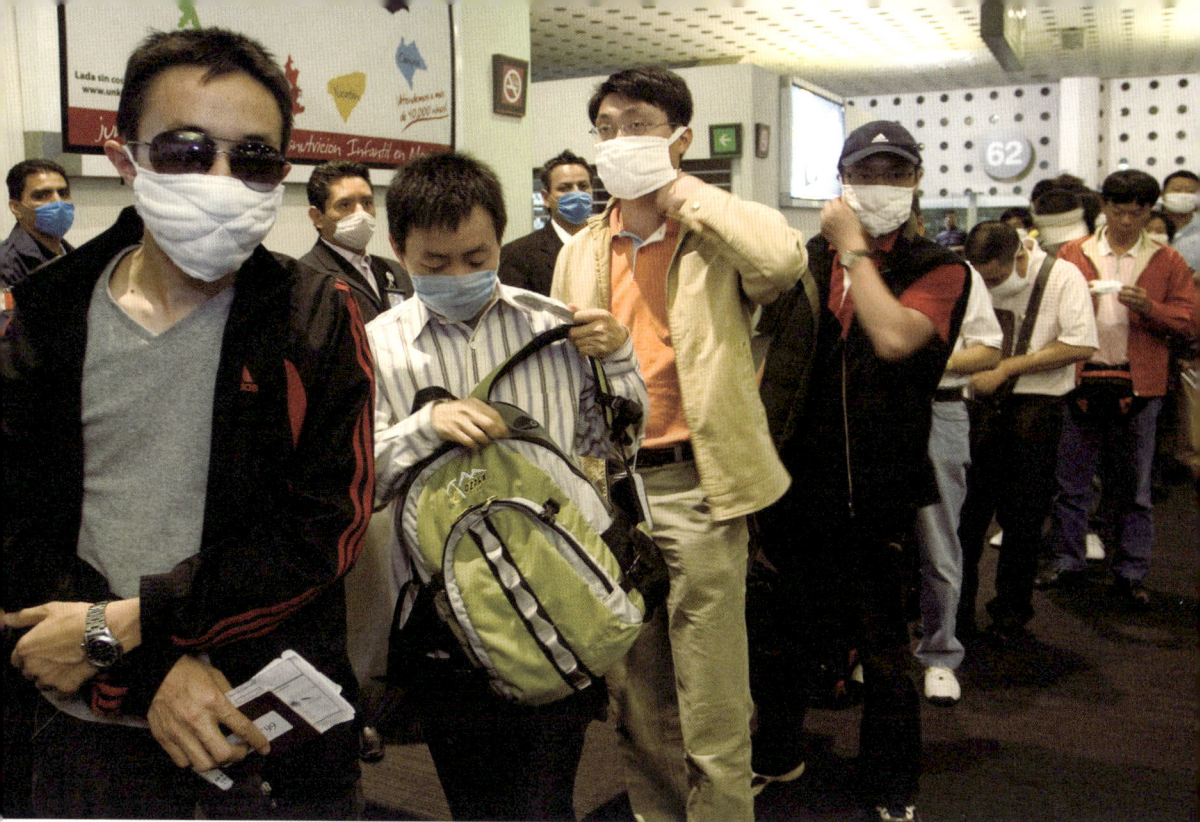

5月5日，滞墨中国公民在墨西哥城本尼托华雷斯机场登机。（新华社 戴维 摄）

曾平观察：企盼重逢

5月5日，隔离第四天的清晨，喜鹊在窗外的树枝上叫着，清脆的声音中仿佛也透着几丝喜悦。曾平在喜鹊的叫声中被惊醒时，一抹阳光已经透过窗帘。

他躺在床上，回忆着昨天临睡之前看到的消息：昨晚22时，中国南方航空公司的飞机在广州白云机场腾空而起，消失在茫茫的夜空中，它将飞越浩瀚的太平洋，直飞墨西哥城。曾平默默地在心中将飞机的行程描绘成一幅地图，想象着美丽的木棉花将绽放在大半个地球的上空，想着想着，他笑了。

曾平起床时已经七点半，正是墨西哥时间晚上六点多，他急忙拨通了老吴的电话，想把这个好消息告诉他，可是无论如何都打不通。

曾平和驻墨使馆的新闻官贾宁一在线了解情况后得知，使馆里已经是一番忙碌的景象，每位工作人员都在紧张而有序地准备接送中国旅客事宜。

稍后，曾平又联系到使馆的政务参赞赵洪生，了解了大使馆的准备情况，他这才彻底放下心来。

早上起床之后，曾平心情一直很好，脸上始终洋溢着笑容，眼前的一切，似乎都比往日增添了几分魅力，变得生动起来。

当流感来袭
疫情第一现场目击实录

隔离期间,宾馆为隔离者准备了丰盛的饭菜。(《今日中国》 曾平 摄)

不一会儿,曾平接到了老吴的电话。在电话中,曾平得知老吴的行李已经准备好,接到使馆的通知就到机场,同行的还有原来在新华社工作的老李夫妇,他们夫妇二人退休后国内国外两边跑,原本计划6月回国,现在却决定提前回家了。

早回来早好。

"要回家啦!"电话的那一端,老吴轻轻地发了声感叹,虽然是轻轻地,却仍能从中品出几分如释重负的感觉。

"回家吧!"电话的这一端,曾平回应了一声,也是轻轻地。

老吴实录:告别危城

老吴赶到墨西哥城国际机场时,墨西哥城上空的星星依然眨着美丽的眼睛。它们是自由的,在自由的天空中俯视着人间的沧桑变化。

墨西哥时间5月5日1点50分,中国包机降落在墨西哥城本尼托华雷斯国际机场。候机的人们心中都忍不住发出小小的欢呼。停驻在那里的波音飞机像是一座安静的城堡,默默地等待着风雨中匆忙赶路的行人前来避雨。

机场内,往来旅客一如既往地熙熙攘攘,其中,一群中国游客格外激动,他们之中有年过七旬的老人,也有咿呀学语的孩子;有留学生,也有在墨工作人员和普通游客。他们同样的黄皮肤黑头发,同样的语言,同样的表情,还有一个同样"回家"的愿望。

老吴到达之时,距离飞机起飞时间尚早,而中国驻墨西哥大使馆的主要负责同志更是早早就守候在本尼托华雷斯国际机场,为这些滞留旅客送行。在这次危机中,大使馆成立了应急小组,24小时值班,以妥善处理突发情况,现在,当大家终于即将安全返家时,所有人不由得舒了一口气,情绪也都有些激动。殷恒民

第五章

努力：流感在继续，生活也在继续

墨西哥时间5月5日，墨西哥国际机场候机室，中国驻墨西哥大使殷恒民（左）送别滞留墨西哥的中国国民，与《今日中国》拉美分社社长吴永恒（右）合影。（《今日中国》）

吴永恒接受中国国际广播电台记者于昕怡（中）和新华社记者王秋萍（左）采访。（《今日中国》）

当流感来袭
疫情第一现场目击实录

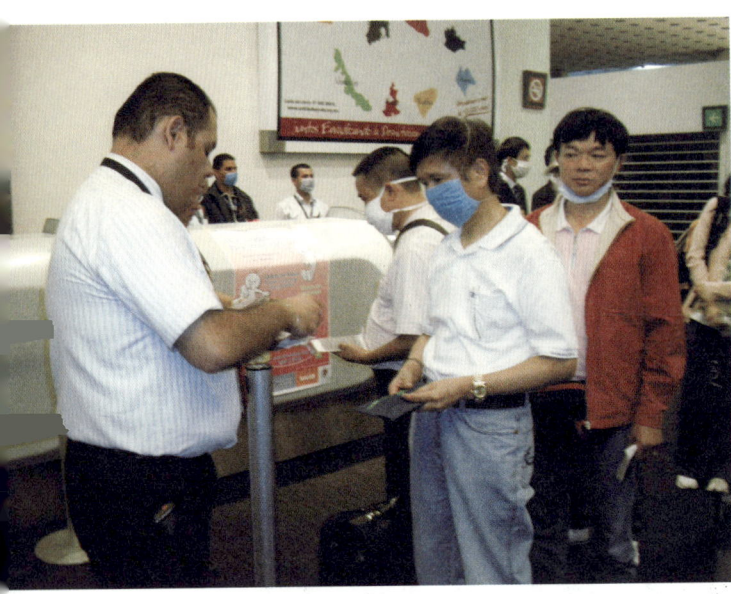

墨西哥时间5月5日凌晨2时30分,在墨西哥机场乘坐包机的乘客准备出关。(《今日中国》吴永恒 摄)

墨西哥时间5月5日凌晨,在墨西哥机场乘坐包机的乘客正在登机。(《今日中国》)

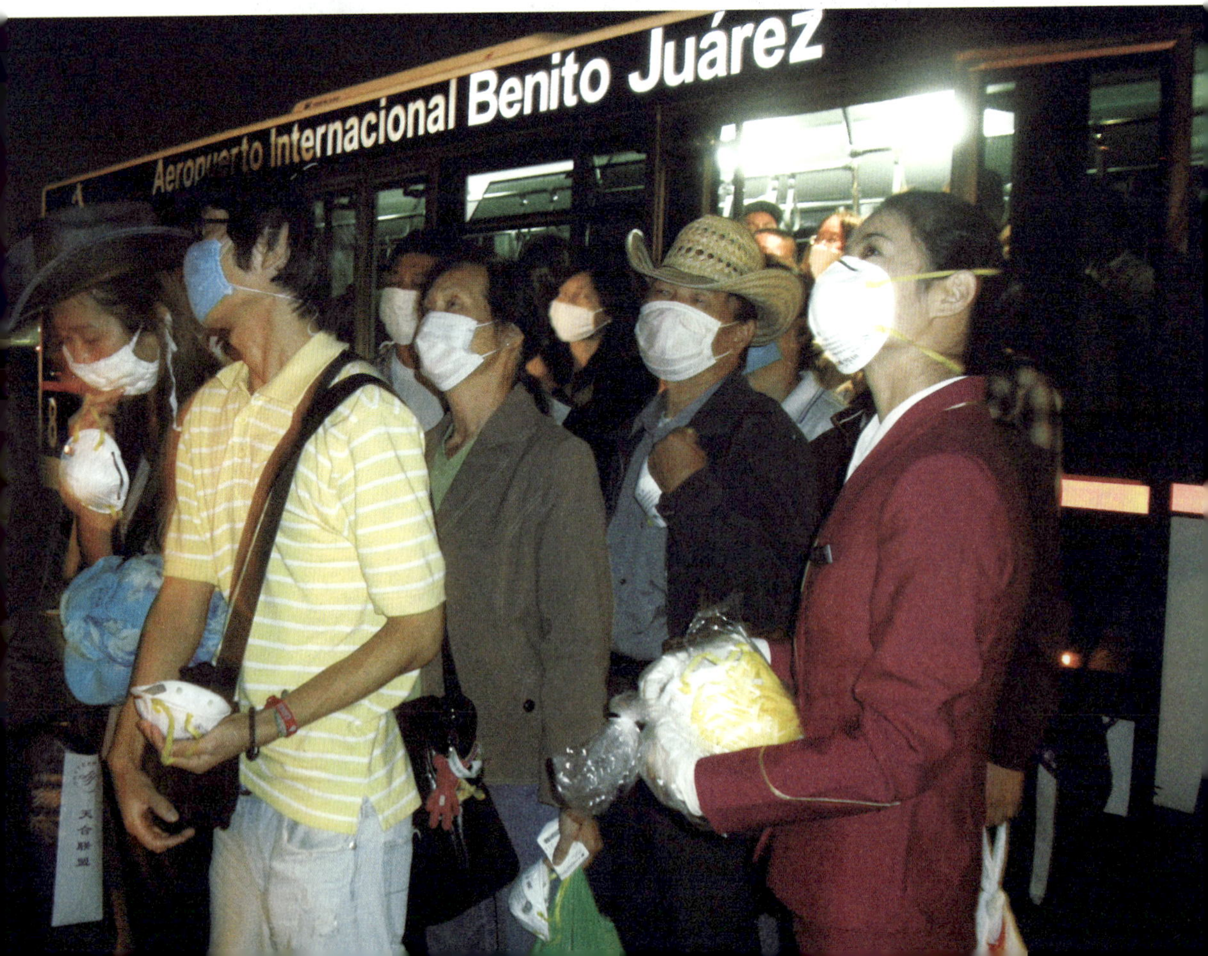

第五章

努力：流感在继续，生活也在继续

大使动情地对大家说，这是中国政府第一次派飞机到拉美来，来接中国的公民回家。

墨西哥城国际机场负责人贝拉斯克斯始终在场，墨西哥外交部负责中国事务的官员也在和殷恒民大使交谈着。谈笑间，殷大使提起了6年前的一件往事：2003年4月，墨西哥邀请30多名中国教练到墨西哥工作，而当时SARS正在中国肆虐。本着负责任的态度，这些教练在出国之前经过了严格的体检，合格之后才办理了相关出国手续，但是抵达墨西哥之后，他们从机场直接被带到了墨西哥州一个偏僻的地方，在长达10天的隔离期内，这30多名教练从来没有一句怨言。

老吴在旁边静静地听着，什么也没有说。但是那一刹那，他内心无比自豪。

大使馆的20多名工作人员，都在二号航站楼前忙碌着，他们帮助大家填表格、换登机牌，给大家发放口罩、饮料、汉堡和预防药。他们始终低头忙碌着，老吴甚至看不到他们的表情。

凌晨3点钟，老吴等79名滞留墨西哥城的中国公民开始登机。让乘客们感到十分惊喜的是，站在机舱门口迎接的乘务员首先向大家递上了一面红艳艳的小国旗。

"当一眼看到中国机组，并接过鲜红的中国国旗时，那种感动无法形容，就像见到了家人一样！"在那一瞬，老吴的眼圈红了。

飞机即将起飞时，殷恒民大使及使馆工作人员在登机口与登机同胞一一道别，他在登机口握着老吴的手，对老吴说："好好休息，不要急着回来！"

老吴笑着点点头，努力地想将这些可爱的面庞一一刻在脑海中。他登上飞机，招手告别，告别了送行的人群，也告别了脚下的这座危城。

相关链接

【专家称健康人群暂无必要服药】

中国健康教育中心专家任学锋昨天指出，甲型H1N1流感是可防可控的，对于健康的人群而言，在目前阶段，没有必要采取特殊的手段和措施，也没有必要服用药物。

医学专家汪安稳也表示，直到现在为止，预防甲型H1N1流感并没有特效药。有传言说板蓝根对甲型H1N1流感有效，这种说法也没有科学依据。目前，针对出现一定适应症的甲型H1N1流

当流感来袭
疫情第一现场目击实录

感患者,服用达菲药片后可有一定效果,但健康人群没有必要为了预防疾病服用达菲。应对流感最好的措施,还是养成良好的生活习惯,比如在公共场所内打喷嚏、咳嗽须用手帕或纸巾捂住口鼻,平日居住环境内开窗通风、勤洗手等。

(新华网)

【新闻媒体在疾病防控中应该坚持的五大原则】

5月8日上午8:30,中国健康教育中心与卫生部新闻宣传中心联合召开甲型H1N1流感防控健康教育和风险沟通会议。

会上,中国疾病预防控制中心健康教育首席专家田本淳谈到了信息和信息传播在疾病控制方面所起的作用,对此,他强调了五大原则:

第一,作为主流媒体,权威媒体在引导公众舆论方面有着非常重要的社会责任。在一个疾病流行的时期,公众当中所传播的信息有各种各样的情况,有的是正确的,有的是不正确的,有的是错误的,有的完全是伪造的。因此主流媒体要正确引导公众舆论。

第二,新闻媒体在捕捉新闻、提高收视率时,还是以稳定公众情绪、有利社会和谐为基本原则。

第三,坚持科学态度,在公众宣传中强调要树立公众的公德意识,保护自己也是保护他人,有了症状自己应该首先防止传播给他人,所以,隔离是一种必需之举。

第四,对不同群体的宣传要注意针对性的问题,宣传力度要区别对待。

第五,关于画面形象与语言统一性的问题。他举例说:"我记得在2003年SARS期间,我忘记是哪一个电视台的节目在报道医务人员穿着防护服进行隔离、控制画面的时候,语言表述内容并不恐怖,但是画面有点像防化、生物恐怖的状况,给人的震撼比较大,像这样的镜头可能会给受众不良的刺激,这些我们还是要注意,在形象方面要有一个基本原则,不产生负面影响。"

(中国网《专家:甲型流感对人类威胁最大　重疾病防控宣传》)

细节之中绽放的美丽

"凡是美的都没有家,流星、落花、萤火,最会鸣叫的蓝头红嘴绿翅膀的王母鸟,也都是没有家的。谁见过人蓄养凤凰呢?谁能束缚着月光呢?一颗流星自有它来去的方向,我有我的去处。"沈从文先生曾经用这样的文字描述美与自由

第五章

努力：流感在继续，生活也在继续

的关系，在他的眼中，美丽是以自由为前提的，而曾平用自己的镜头演绎着不自由的美丽。

曾平观察：被隔离也会找到乐趣

当老吴乘坐的南航波音777-200包机离开墨西哥城的时候，曾平尚处在隔离的第四天中，生活多少还是有些枯燥。为了避免交叉感染，被隔离者大多数时间都待在自己的房间内，彼此之间几乎没有接触；而忙于工作的医护人员，也很少有闲暇时间与他们交流。

房间内的一盆塑料花，楼下草坪上的一只喜鹊，都成了曾平快乐的来源。

长时间从事文学创作的经历，让他深知细节的重要性。文学作品中的情节往往都是大的框架，有血有肉的东西却常常来自于细节。隔离期间，人的身体是不自由的，因而心灵对自然、自由的向往更加强烈，所以，在曾平的眼中，很多曾经习以为常的东西渐渐被涂上了新的色彩。

比如一束塑料花，虽然它是塑料的，但还是会让人从内心深处感觉到温暖。那亮丽的颜色会让人觉得，原来希望的力量也会蕴藏在这没有生命的事物中。

窗外草地上的喜鹊和猫更是让他格外惊喜。

刚刚开始隔离的时候，疫情相对比较严重，所有人的情绪都处于高度紧张的状态，在曾平所住的楼下，到处都是保安和工作人员，人们出出进进、来来往往，猫和喜鹊都不敢出现。

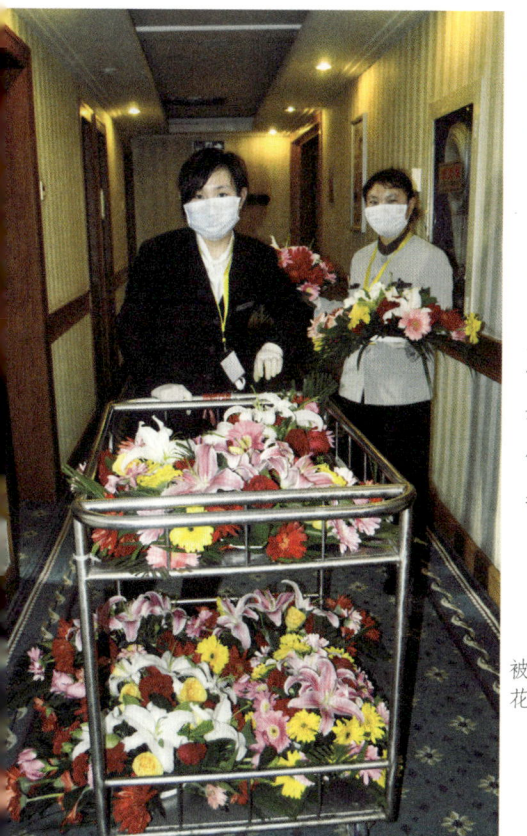

被隔离在酒店当中，却惊喜地见到了送花姑娘。（《今日中国》 曾平 摄）

而现在，岗哨撤了，人走了，喜鹊在地上悠闲地踱着步子，猫也在草丛中以自己的方式尽情"游戏"。

这一切，不正意味着情况渐渐好转吗？

在曾平的眼里，这是一种人和自然的和谐。假如还是三步一岗，五步一哨，又怎么会有这般惬意的景象呢？这一切，都孕育着希望，让人知道事情正在朝着光明、乐观的方向发展。

从细节中发现美，从美好中感受幸福，这是一种观察能力。当曾平将这些图片发到网上之后，他接到了朋友的电话，朋友笑着调侃道："你观察得越来越细了，如果你再住下去，只怕连看到蚂蚁也会觉得亲切了！"

曾平笑而不语，他知道，距离自由已经越来越近了。

老吴实录：空中的微笑

美是有共性的，只要你有一双善于发现的眼睛，有一颗随时感恩的心，世间最美好的事物就一直在身旁环绕。

从墨西哥回到中国的行程中，虽然几十年岁月的风尘已经让老吴能够坦然面对一切，但是他还是随时被感动着：机组人员热情细致，他们把老年人和孕妇安置到前排，并小心翼翼地帮助乘客系好安全带；复旦大学的卢洪舟教授给大家详细讲解着预防流感的知识，并放映制作的宣传片。他告诉老吴，虽然他也知道这是一次危险的航程，但他仍然很想来。因为在这次特殊的航行中，他能够倾尽全力，保障航班的安全，虽然知道回去也要接受隔离，但是这个过程之中品尝到的人生滋味也是很特别的。

在接受记者连线的时候，女乘务员谭幸珊略显腼腆，她红着脸说"能执行这样的任务是她的光荣"，虽然她们将连续工作40多个小时，但是每个人都保持着一种饱满昂扬的精神状态。**她说："我也知道回去会被隔离，但这是我的工作，请祖国人民放心！"** 她清脆的笑声在机舱中响起时，机上的所有乘客都报以感谢的笑容。谁也不能否认，这些是世间最甜美的笑容。

归国包机上的机组人员正在照顾孕妇董晓萌。（《今日中国》 吴永恒 摄）

归国包机上的机组人员，右侧为乘务组长徐娟娟。（《今日中国》 吴永恒 摄）

当流感来袭
疫情第一现场目击实录

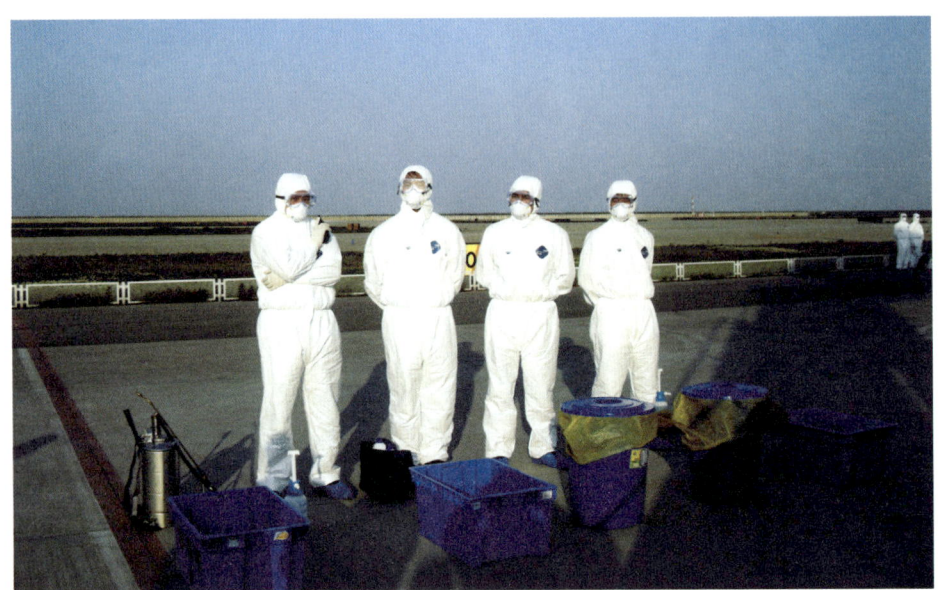

北京时间5月6日下午,在上海浦东国际机场严阵以待的检疫人员。(《今日中国》 吴永恒 摄)

北京时间5月6日下午,上海浦东国际机场的工作人员在舷梯旁为包机乘客办理入境手续。(《今日中国》 吴永恒 摄)

第五章

努力：流感在继续，生活也在继续

相关链接

【中国最早8月份生产出人感染"猪流感"病毒疫苗】

中国疾控中心病毒所所长李德新表示，中国最早将于8月生产出可供使用的人感染"猪流感"病毒疫苗。同时，中国已具备对人感染"猪流感"病例的检测、诊断能力。尽管中国目前还没有出现人感染"猪流感"病毒，但已掌握病毒序列情况，并可以采取一些检测方法确诊病例，根据这种方法，从疑似到确诊病例，需要24小时左右的时间。

中国目前还没有从墨西哥、美国或世界卫生组织得到活病毒，而美国疾控中心正在开发用于病毒核酸检测的试剂，该试剂将在近几天内送到中国，这将有助于中国进行人感染"猪流感"的病例诊断。

李德新表示，目前中国有不少企业可以生产流感疫苗，国内的生产技术是成熟的，世界卫生组织有望于5月中旬为中国提供人感染"猪流感"病毒株，只要获得用于生产疫苗的病毒株，最快3个月左右就可以生产出疫苗。

(人民网)

【完全遏制"猪流感"病毒不现实】

自甲型H1N1流感爆发以来，世界卫生组织不断提升其警戒级别。世卫驻中国代表韩卓升表示，流行病警戒被提到更高阶段，表明它在更大范围内流行的可能性在增加，当然，这不是必然的。这项决定主要是基于病毒在人类之间的传播已被证实，且病毒已具有在社区级别爆发传染的能力。由于病毒的广泛存在，眼下完全遏制疫情是不现实的，当前的工作重点应放在缓解措施上。未来将会发生什么，难以预测，面对这种新病毒，我们应该更好地了解它。

(《南方周末》)

【海外护侨包机事件回顾】

2000年6月16日：所罗门群岛发生骚乱，中国政府派南航包机接回116名侨民。

2006年4月：所罗门群岛再次发生大规模骚乱，中国政府数次派包机撤出被困的600余名华人华侨。

2006年5月：随着东帝汶局势的失控，中国政府派包机撤离了200多名华人华侨。

2008年11月：泰国政局动荡，中国政府派7架包机飞赴泰国，接回约2000名滞留泰国旅客。

(《法制晚报》)

博友之声

【扶摇直上九万里——乘包机归故乡】

· 用一片执著的文字，走过一段难忘的经历。

清晨6点，隔离区宾馆。从窗外望去，上海郊外的青色河塘从楼下悄然而过，远处是密密麻麻的农家庭院，还有一片片绿色的菜园。阳光的箭簇灿烂轻柔地抚过大地，鸟儿或是高歌或是低鸣。在都市的节奏中突然感受到纯净的自然田园之美，一份久违的熟悉和怀念。

开始受时差折磨，时差像个调皮的孩子，老是在你耳边吹吹风或是挠挠脚心，辗转反侧，眼睛愈发瞪得更大。索性爬起来看看博友的留言，心头涌过阵阵温暖。

5月5日下午4:30，包机终于抵达浦东机场，万里越洋飞行，极其严格的防疫措施，再加上天气原因晚点7个小时，都在持续考验着大家的耐性。飞机着落的一刹那，大家按捺不住激动拼命鼓起掌来。

这是一次不寻常的飞行，朋友开玩笑说："经历这次'猪瘟'，政府包机，回去再隔离一下，你的人生才算完整……"于是，我奔着完整的人生大踏步迈进。

墨西哥时间5月4日晚10点，匆匆赶到墨西哥机场，一路过来畅通无阻，原本40~60分钟的车程，15分钟就到了。机场已经来了很多同胞，大家在有序地check in（检查），口罩和黄色皮肤，是我们共同的特点。看到使馆的同事们在紧张地忙碌着，有的在安排我们填表，有的在给我们发放食物、饮用水。他们想得很周到，连"清开灵"口服液也带过来了，还有100份麦当劳，挺不容易的，在餐厅都关门大吉的时刻。

媒体在人群中捕捉镜头，看到《人民日报》、新华社、凤凰卫视等，原来新闻现场是这样的……国外的记者有美联社等，我被抓住问了几句，而且要求用中文回答，问题都差不多：你在墨国待了多久，做什么，为何要回去，什么心情……他们捕捉镜头，我就拿相机捕捉他们。

11点半，过安检，去候机区等待，跟老公挥别的一刹那，突然感到一阵失落。他一直远远地望着，探头望着，直到背影消失。平时老欺负他，待在家里的这段时间里，还因为心情不好跟他发火，他都默默地包容着，一如既往地疼爱，离别才知情重，爱要用一辈子的时间去感恩和回报。

除了等待还是等待，同行的朋友带着小孩，妞妞纯真地叫着阿姨，跑来跑去，她欢快地笑着叫着。成人的世界里，大家或是三两成群地讲话，或是独自打着小盹。凌晨1点，中国驻墨西

第五章

努力：流感在继续，生活也在继续

哥大使来看望我们，带来了中国政府的慰问和祝福。身处异国感受到国家和同胞们的惦记和关注，漂泊的孤独突然被强烈的民族归属感和自豪感所代替。

凌晨4点左右终于登机。看到南航波音777宽体客机，显眼的木棉花庄严屹立在空旷的机场，亲切之感油然而生，眼泪哗哗的，大家对着木棉花一阵咔嚓。整个登机和飞行过程防疫措施很严格：

1. 登机前必须全部换上N95（口罩型号）高效过滤口罩，整个飞行过程要跟口罩形影不离。
2. 登机前体温检测2次，飞行过程中再检测2次。
3. 最细致的在于，座位必须间隔而坐，一排10个座位，只能坐3个人。就餐必须间隔着来，意味着当我就餐的时候，旁边的邻居就干瞪眼咽口水。不过一路都是面包，直把人吃得想绝食。
4. 发放达菲药片和免洗消毒液。
5. 南航的飞行力量也是精挑细选的。机长是南航飞行部副总，安全飞行30年。乘务长是客服副总，优质服务28年。我一向怕坐飞机，有种惴惴的不安感。有次出差去济南，飞机遇到强烈的气流颠簸，俺掐着女老总的手，泪都快出来了。但这次感觉不同，相当有安全感。

若不是在蒂华纳机场降落时遇到大雾天气，被迫飞往洛杉矶，又在洛杉矶苦等4个小时，估计我们6号中午就到了。一路狂睡，睡不着也得睡，谁让俺晕机呢！其他的同胞，有的睡，有的来回走动活动筋骨，有的看航空频道……24小时在平时过起来飞快，这次却显得特别漫长，尤其当你心怀期冀的时候。

北京时间5月6日下午4:30，终于成功横跨太平洋，回到了祖国的怀抱。着陆的一刹那，整个机舱响满掌声。迫不及待打开手机，无数条信息打湿了我的眼睛：

我知道你在路上，无论回来多晚，希望第一时间得到你的消息。

欢迎回到祖国怀抱！我们在深圳想念你！

怎么还没到啊？回来一定记得给我电话！一路平安！

……

很想见见国内的朋友，一个个电话过来慰问，心儿早就跑到了浦东机场以外，期待着把酒当歌高谈阔论。可是还不行，穿着白色生化服的医护人员上来了，逐个检测体温。然后每次4个人往出口走，在校验过护照信息后，我们坐上大巴，由警车开道，来到了这个坐落在郊区的宾馆隔离7天。

朋友开玩笑着说："都享受到国家领导人的待遇了……"

一介平民，有生之年有这样的际遇，确是一段很特殊的经历。大巴上，大家还在回味，一个兄弟说，真的是中国强大了，才有今天的待遇。如果在一二十年前，想都不敢想！

是啊，国家之间的交往如同人与人的交往，你会发现，当一个国家强大的时候，国人连说话都是昂首挺胸、很有自信的，反之，如果你来自落后的国家，别人对你的眼光和态度，可能就是礼貌中带着不屑。现在中国在国际上的地位和话语权越来越高，我们已经感受到这种能量。衷心祝愿我们的祖国更加繁荣昌盛！

（新浪博客 ai达静）

第六章

影响:
流感会压垮世界经济吗

由于热切地想要躲避过错,
我们却常常易陷入荒谬。
——(意大利)贺拉斯

当流感来袭
疫情第一现场目击实录

　　5月6日，墨西哥全国将正常上班。5日是最后一个假期，乘包机回国的同胞即将到达中国。

　　出门在附近街区走了一下，随拍几张人们的生活。附近的街区就像平时的周末，超市正常营业，有的饭店已经开门，商场部分开放但客人很少，人们开始出来遛狗，很多人在林荫大道上散步，小朋友也出门活动。戴口罩的人已经很少，公交车上也有人不戴口罩。

　　小朋友口罩戴在了脖子上，在林荫大道上休息，还吃零食，人们还在遛狗……

（新浪博客 云间列车）

——题记

第六章

影响：流感会压垮世界经济吗

只要有爱，就有希望

北京时间5月5日20时56分，蒂华纳大雾弥漫，相隔几米之内已经无法看清身边的人，南航包机飞行受阻，被迫降落美国洛杉矶，在经过了将近4个小时的漫长等待之后，包机才从洛杉矶国际机场起飞，于6日1时13分抵达蒂华纳。5月6日16时32分，包机终于抵达上海。至此，这场飞越了三万公里，历时40余小时的跨国飞行终于圆满结束。

在南航飞机抵达上海浦东机场的几个小时之前，曾平已经在北京的宾馆内提前感受到了喜悦，因为他得到了通知：7日凌晨6点，他将被解除医学隔离。

曾平观察：无数条短信

5月6日，曾平同时收到了两个好消息：一个是卫生部已发布消息，明晨6点可以解除医学观察；另一个是北京时间下午4点40分，他终于接到老吴的电话，得知他们已经平安到达上海，身体状况良好。

短短几句话，却弥足珍贵，让曾平悬挂多时的心终于落了地。

这一天，曾平细心地整理着这几天以来手机上的短信，有领导的鼓励，朋友的问候，家人的惦念，这些简单的文字让曾平每一天都能品尝到幸福的味道：

5月5日，77名墨西哥籍人士乘坐包机离沪回国。（新华社 裴鑫 摄）

· 五一时告诉人生五个一，一副好身体，一份好事业，一世好心情，一圈好朋友，一生好运气。愿你一生永有五个一。

· 这几天最关心的就是你，今天在东方卫视看到你回来了，非常高兴，想着在倒时差，有空速回电。

· 不幸被我料到，只能顾大局，好好配合，表示慰问。可以写东西，有事多联系。在中国网上开个专栏，会有人具体和你联系，网和书兼顾。

当流感来袭
疫情第一现场目击实录

·惊闻墨西哥流感盛行，千万小心，多加保重，不知发短信能收到否，请速告之，以免悬念，切切。

·听说你们航班的情况，受惊了。请注意调养身体，调节情绪，配合防疫部门，相信不会有事的。

·我和女儿都很好，不要惦记，你要好好休息，多吃饭。

·两天来专栏反响不错，继续坚持，可以充分利用前方资源，做好报道。

·最近一直关注你们的情况，也看到媒体的报道，关于瘟疫，我记得一句话："瘟疫在古代是坟场，在近代是战场，在当代是考场。"你身临这个特殊的考场，挥着自己的笔，一定能交出满意的答卷，这一定是外文局人共同的心愿。

·知你遇到检疫的麻烦，特致问候。这是一件既不幸而又幸运的事。遭此不幸，经历可贵。调侃式慰问。

·看到法制晚报记者的采访，知道你的近况，党委的同志们很高兴。再次向你表示亲切的慰问和良好的祝愿。历经"非典"、地震灾区的采访和这次特别的经历，你愈发坚强和乐观。

·天天盼着看你的博客，希望你早点出来，与家人团聚，又希望你一直待在里边，写、拍照，祝你快乐。

……

这些文字，或者来自熟悉的朋友，或者来自至亲的家人，还有的来自素未谋面的陌生人，它们从祖国的四面八方而来，传递着共同的信息，那就是爱。

曾平整理好这些文字时，南航包机已经降临在浦东机场，老吴和其他乘客每人手持一面小国旗，正缓缓地走下舷梯。

老吴实录：40个小时的航程

走下舷梯的时候，老吴仍然回味着飞机上的一幕幕，虽然这些都发生在几个或者几十个小时之前，但因为这场特殊的疫情，这些经历便被迅速地抹上了历史的印痕。

在墨西哥城刚上飞机的时候，除了接到国旗外，每位乘客拿到了口罩、N95呼吸器等设备。此时此刻，一种强烈的归属感，一种迫切地想回到祖国怀抱的感觉充满了老吴的内心。虽然远隔万里，但是祖国就在心中。

第六章
影响：流感会压垮世界经济吗

乘客大部分是普通百姓，最大的72岁，最小的2岁，还有在妈妈肚子里的。他们来自祖国各地，上海、广东、福建、东北，他们将回归同一个地方——祖国。

在长时间的飞行中，乘客需要休息。那个2岁的孩子虽然体重很轻，然而由于飞行时间很长，抱着孩子的母亲逐渐感觉到了疲惫，机组人员腾出了自己的位置，以便使她们能够得到更好的休息空间。

一些年纪大的老人，因患糖尿病，不能长时间吃面包等含糖高的食品，机组人员便把自己的方便面留给了他们。

准妈妈董晓萌更是得到了细致入微的关怀，机组人员每隔一段时间就会向她询问身体情况。她说她会把这个温暖的故事讲述给自己未来的宝宝，她要告诉宝宝，他还有一位妈妈，就是祖国！

40多个小时，满满的爱始终洋溢在这小小的机舱中，爱是温暖的，也是美丽的，或者直抒胸臆，或者不动声色，它们却同时在这个艰难的时刻绽放，共同传递着希望。

5月6日，孕妇董晓萌在工作人员的帮助下走下飞机。（新华社 邢广利 摄）

相关链接

【专家称此次流感疫情规模难测，走向尚无定论】

"猪流感"疫情在墨西哥和美国爆发之际，在世界其他地区尚属零星案例。但目前，疫情已经呈现逐步蔓延的趋势，由此，对于如何判断和预测这起疫情的规模和发展前景，医学专家深感左右为难。

美联社医学专栏作者劳兰·内高认为，从现阶段情况看，"猪流感"尚称不上全球性疫情。目前无法确定到底有多少人感染"猪流感"病毒，也无法确认新流感病毒是否极易传播。但是当前"猪流感"疫情介于可能发展的两个极端之间——既有可能在今后数周内烟消云散，也有

当流感来袭
疫情第一现场目击实录

可能仅仅是流感大爆发的开场戏。所以美国明尼苏达大学流感疫情研究专家迈克尔·奥斯特霍尔姆说:"我们现在不知道处于两个极端间的何种地带。"

另外,美国疾病控制和预防中心发布的信息显示,甲型H1N1毒株是新型变异病毒,是人类流感病毒、北美洲禽流感病毒,以及北美洲、欧洲和亚洲"猪流感"病毒的混合体。而病毒株可能继续变异,既有可能变得更危险,也有可能变异后减小对人类健康构成的风险。

1976年美国新泽西州一处军营中曾出现"猪流感"疫情。美国政府随后发布全国公共卫生警报,4000万美国人注射了流感疫苗。但这场"猪流感"并未发展成大规模疫情。数以千计的注射疫苗者后来起诉政府,称受到疫苗副作用伤害。鉴于此次误报,专家学者们对此次流感不敢轻下结论。

美国疾控中心代理主任理查德·贝塞尔表示,尽管现阶段美国出现的"猪流感"病征较为"温和",但不排除今后出现严重病例。他认为,很难将这次"猪流感"疫情与以往流感大爆发相比较,因为"每一次疫情爆发都是独特的"。

(《中国青年报》)

【"猪流感"恐慌来袭,旅游业首当其冲】

"猪流感"造成的恐慌可能让脆弱的全球经济陷入更严重的动荡,随着紧张万分的消费者和企业推迟支出计划,旅行和旅游也会受到打击。

已经受到全球衰退严重打击的航空公司的股价出现暴跌,投资者预想到了取消出行计划将给航空公司造成的损失。与此同时,随着中国、俄罗斯等国暂停从墨西哥和美国的部分州进口猪肉,保护主义的苗头也初步显现。全球爆发"猪流感"疫情很可能会阻碍经济复苏,尤其是那些依赖于贸易和旅游的新兴经济体就更是如此。

尽管世界卫生组织表示并未发布任何限制旅行的警告,但欧盟卫生专员瓦西里欧(Androulla Vassiliou)敦促欧洲人推迟不重要的前往墨西哥和美国部分地区的旅行;俄罗斯、中国台湾和中国香港表示,它们将对显示出"猪流感"症状的旅客进行隔离。

(《华尔街日报》)

回家的感觉真好

5月6日起,墨西哥开始恢复正常社会活动,逐步重开公共、商业设施。墨政府敦促公众注重个人卫生,预防流感传染。而与此同时,瑞典确诊了首例甲型H1N1流感病例,法国确诊病人增加到了五名。中国滞墨公民经历了一波三折回国之后,全体检测正常并开始接受医学观察。

第六章

影响：流感会压垮世界经济吗

5月7日，墨西哥大学恢复上课，所有中小学、公立全日制幼儿园等幼教机构也于11日起恢复开放。（新华社 华金·莫雷利 摄）

老吴实录：踏上祖国土地的刹那

5月6日下午，包机抵达上海之后着落的一刹那，机上乘客按捺不住激动拼命鼓起掌来。他们每人手执一面国旗缓缓地走下了舷梯。**一下飞机，上海医务人员严阵以待，但是并没有丝毫的严肃气氛，而是充满温暖的关怀："欢迎你们回到祖国"，"为了您的健康，请接受我们的体检"的声音伴随着热烈的掌声在耳畔响起。**

老吴和同行的人告别了南航包机上的工作人员，事后，他动情地回忆："尽管我们互不知道对方姓什么，名什么，也不知道今后是否还能相遇，但我们都将难忘这次飞行，记得祖国的包机，记得南航的木棉花。"

从机场出来之后，他们乘坐专门的大巴，由警车开道，医护人员随行，抵达了即将被隔离的宾馆。一到宾馆，就看到了巨大的横幅标语——"热烈欢迎你们回到祖国的怀抱"。入住之后，老吴拿到了两个信封：一个是上海疾病防控中心的慰问信，另外一份是一本健康指南。

当流感来袭
疫情第一现场目击实录

隔离的生活开始了,而老吴心中却一片坦然。在墨西哥期间,他曾经担心过,一旦被感染,他将会不知如何是好,因为他对墨西哥的医疗水平没有把握,而现在脚踩在祖国的热土上,心总算踏实了下来。

曾平观察:7日上午,解除隔离

马上将解除隔离重新获得自由,曾平环顾左右心中顿生感慨。小茶几上的鲜花已经凋零,而镜中的自己,头发越来越长,略显沧桑。他原本都是20天左右理一次发,至今已有一月有余。原想在墨西哥城理发,不料发生这次流感,只好忍着。回到北京时想理发,又觉不妥,其实也正是一种自我隔离的心情。本想稍微缓缓再说,不想一拖再拖至今,他心中暗暗决定:明天回家第一件事就是理发,一定。

晚上23点,国门路大饭店总经理和服务人员逐一对被隔离在这里的17名密切接触者表示了慰问。

一宿辗转。

7日清晨6点,医务人员分别敲开所有密切接触者的房间门,送来了解除医学观察通知书和温馨健康提示卡。

医务人员最后一次为曾平测量了体温,36.7℃。

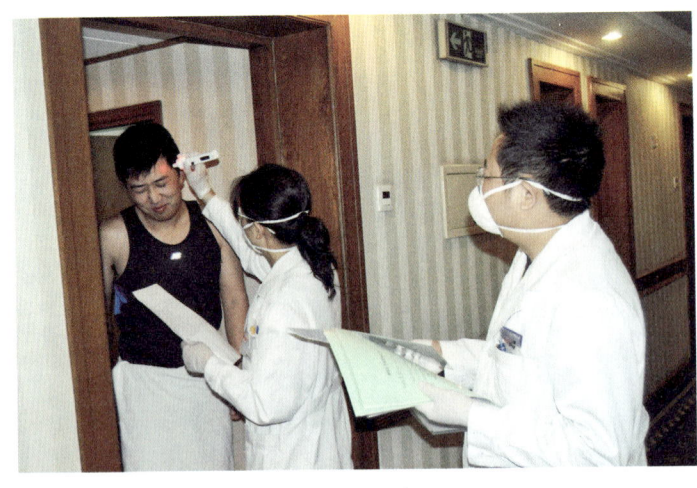

被隔离人员最后一次测量体温并接受解除医学观察通知书。(《今日中国》 曾平 摄)

第六章

影响：流感会压垮世界经济吗

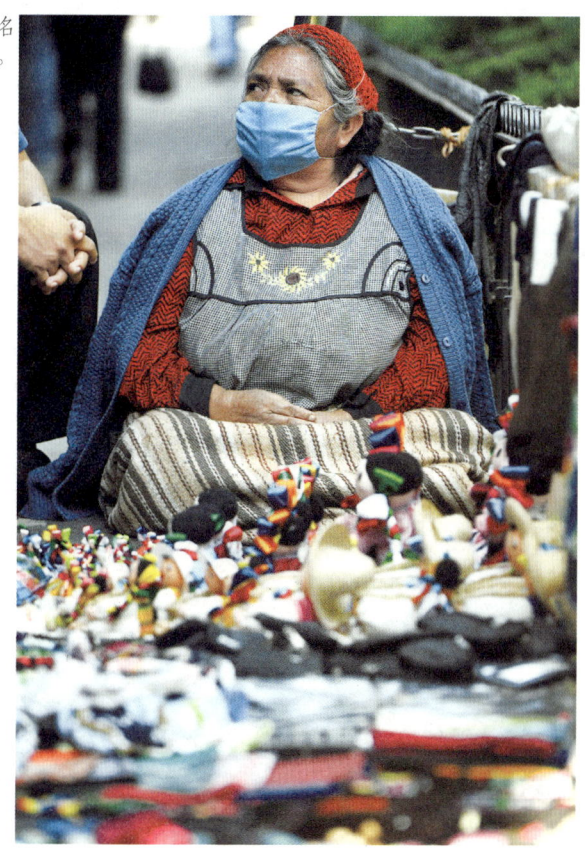

4月30日，在墨西哥城，一名街头商贩戴着口罩叫卖商品。（新华社/法新社）

稍后，工作人员给大家发放了口罩。上午9点，曾平随第二批被解除隔离的其他人，一起离开了国门路大饭店。

回家，回家。

刹那间，曾平想到了六年前的"回家"。

对于曾平来说，这并不是第一次被"隔离"。2003年"非典"期间，曾平任《中国改革报》上海记者站的站长，工作在上海，而家在北京。曾平就在这两地之间奔波忙碌着，后来"非典"疫情逐渐严重，当他从北京返回上海之后，就被隔离在了公寓里，不能走出家门，由居委会的人照顾饮食。虽然同是隔离，但前后两次曾平内心还是有了不同的感觉："非典"期间的隔离是相对自由的，在自己家中思想上没有太大压力，而这一次身边到处是身着工作服的医务人员，每天都要测量多次体温，情绪也自然而然地受到了周围环境的影响。

然而这也是一次极为难得的经历，作为一名新闻工作者，同时又是事件的亲历者，他用自己的镜头捕捉着非常局势下的非常事件，用自己的笔传达着信息，这一段岁月，对于他来说，是充实而且有意义的。

甲型H1N1流感离我们有多远?(《山西晚报》)

相关链接

【"猪流感":全球化的"黑天鹅"?】

金融危机没完没了,"猪流感"又来趁火打劫。这真应了一句老话:"福无双至,祸不单行。"人类将再一次面临被折磨得疲惫不堪的命运。据英国《卫报》报道,墨西哥城弥漫着恐惧和疑惑。而感到恐惧和疑惑的,绝不仅仅是墨西哥人。

科学家对于新型"猪流感"仍然一无所知,不知道它为何突然出现和扩散,不知道它为什么会致命,更不知道下一步会如何发展,它的威胁究竟有多大至今仍难以预测。

虽然美国总统奥巴马对疫情作出了"提高戒备但无须恐慌"的判断,但有多少人能在可能到来的灾难面前安之若素呢?

路透社记者安德鲁·马歇尔在其专栏文章中指出,全球化的系统越复杂越有效率,传染病的传播速度就越快,传染范围就越广。恐慌,以及不准确和不完整的信息的传播可能使负面反馈循环出现,导致灾难加剧。而"猪流感"就是全球化的黑天鹅,在发现黑天鹅之前,欧洲人认为天鹅都是白色的,但这个不可动摇的信念随着第一只黑天鹅在澳大利亚的出现而崩溃。全球化背景下的"猪流感"也是如此,它在意料之外,却又改变一切,但人们总是对它视而不见,并习惯于以自己有限的生活经验来解释它,最终被现实所击倒。

(《中国青年报》)

【它是压倒世界经济的最后一根稻草?】

仿佛一夜间,"猪流感"成为全球关注的重点,由于疫情有可能向其他国家蔓延,国际社会已纷纷采取防控措施,股市、大宗商品等市场也开始产生剧烈反应。

但"猪流感"会不会拱倒世界经济?它是压倒世界经济的最后一根稻草吗?

中国现代国际关系研究院世界经济研究所所长陈凤英教授表示,从迄今情况看,"猪流感"不太可能令世界经济减少5%,但是由于很难判断其会持续多长时间,所以也难以判断对世界经济影响的时间,"当然,这对危机中的世界经济绝对是个坏消息。"

她指出,"猪流感"对世界产生的不利影响主要表现在两个方面:一是增加市场恐慌心理。金融危机使全球充满不确定性,而"猪流感"的突然爆发将进一步加剧不确定性与市场恐慌。二是一定程度上抵消了全球为制止世界经济下滑所做的努力。因此,受"猪流感"影响,世界经济将产生两种可能:一方面可能扼杀世界经济复苏的一些苗头,尤其是美国;另一方面延缓世界经济复苏的时间。

但是,同许多专家的观点一样,陈教授认为"猪流感"不会压垮世界经济,国际机构应多做提振市场信心的事。就中国而言,中国政府采取的有效预防措施能降低人们的恐慌心理,提振市场信心,中国政府更不必恐慌。

(搜狐网《专家:"猪流感"不会成为压倒世界经济的稻草》)

第六章

影响：流感会压垮世界经济吗

"雪上加霜"，墨西哥经济遭受挑战

人类生命健康需要直面疫情的威胁，人们的心理也会被不断上升的数字笼罩着，陷入恐慌。还有经济，哪怕是一个小环节的断裂，全球的经济就要震动。中国社科院欧洲研究所副所长江时学称，如果疫情在短时间内不能得到控制，受到金融危机和流感疫情的双重夹击，墨西哥的经济真是"够呛"！

据国际著名评级机构穆迪公司近日发表的预测报告称，流感疫情给墨西哥造成的经济损失最多可能达到其国内生产总值的1%，这对于在经济危机中还没恢复元气的墨西哥经济将是雪上加霜，据预计今年墨西哥经济可能出现5.5%的负增长。

5月5日，美国纽约的一家超市将杀菌免洗洗手液放在收银台的显著位置上。（新华社 刘欣 摄）

老吴实录：被冲击得"神魂颠倒"的墨西哥

回到祖国，老吴的心也未能完全从墨西哥抽离出来。一来他牵挂着仍在危城之中的朋友，二来墨西哥此时遭受的巨创也令他有几分心痛。

当流感来袭
疫情第一现场目击实录

在他上飞机之前,墨西哥城里的餐饮、娱乐场所尚未恢复,街上没有了往日的喧闹,虽然不能用"凋敝"来形容,但毫无疑问,墨西哥人的日子过得更加艰难。

作为其支柱产业之一的旅游业首当其冲,多国游客纷纷提前离开了墨西哥,大多数宾馆的预定业务无法兑现。在流感疫情肆意蔓延的同时,全球各地采取各种旅行限制,包括取消赴墨旅行团,邮轮暂不停靠当地港口,暂停来往墨国的航班,墨西哥犹如遭其他国家"隔离"。旅游业是墨西哥的第三大外汇收入支撑,2008年的墨西哥旅游业为国家贡献了133亿美元的收入,如今却难逃疫情的魔掌,惨淡经营。

游玩如此,吃喝的形势更不好。

仅以首都墨西哥城为例,该城市中的35000个餐厅全部"关门大吉",导致该行业65万就业人口生活受到严重影响。畜牧业更是在流感的风口浪尖遭遇滑铁卢。墨西哥是全球重要的猪肉制品出口国,此次"猪流感"风波让猪肉行业面临着更加寒冷的"冬天"。

在墨西哥的养猪业中,直接就业人口达到35万,150万间接就业人口,每年生产猪肉120万吨,而今猪肉的消费量下降幅度达30%。

学校停课,公共娱乐场所的关闭,经济活动减少,就业、外汇收入都呈现下降趋势,而政府用在药品研发、口罩发放、公共场所消毒上的财政支出却增多了,这一连串连锁反应无疑会加剧金融危机以来墨西哥困窘的经济形势。

4月26日,在墨西哥城,一位妇女戴着口罩乘坐地铁。(新华社/法新社)

第六章

影响：流感会压垮世界经济吗

昕怡连线（墨西哥城）：墨西哥直面惨淡的经济下滑

MSN上传来了中国国际广播电台记者于昕怡得到的最新官方数据。

墨西哥财政部4月30日发布统计报告称，与去年同期相比，今年第一季度墨西哥经济下滑7%，是该国经济自1995年下降6.9%以来的最差表现。虽然墨西哥财政部表示，经济萎缩的主要原因是"全球经济状况恶化"，但4月30日墨西哥财政部长奥古斯丁·卡斯滕斯曾说，此次流感的爆发预计将拖累GDP 0.3~0.5个百分点。在此之前的26日他就曾经表示，流感疫情有可能对墨经济造成"重大影响"，但要预测影响达到何种程度还为时过早。

作为甲型H1N1流感疫情的"重灾区"，墨西哥首都墨西哥城服务业每天的损失估计达到1亿美元，同时45万人徘徊在失业边缘，

5月14日，第九届全球旅游及旅行峰会在巴西南部城市弗洛里亚诺波利斯开幕。（新华社 宋为伟 摄）

65万该行业就业人口生活受到影响。另外，由于多国接连发出赴墨旅游警告并禁止同墨西哥的航班往来，墨西哥旅游业遭受重创。墨城近日宾馆入住率仅有10%，外国游客基本不见踪影。

毫无疑问，流感疫情的爆发将导致墨西哥经济连续第二个季度呈现下滑趋势。

相关链接

【流感疫情冲击股市】

自流感疫情爆发以来，全球主要股市不断下挫，4月28日的旅游类股票遭遇沉重抛售，而制药股继续逆势走强。

当流感来袭
疫情第一现场目击实录

瑞信集团分析师认为,"如果投资者的担忧情绪上升至SARS时的水平,那么股市有可能下跌10%~15%。不过,我们认为这种情形不太可能发生。"

4月28日,在亚洲市场方面,S&P亚洲50指数下跌1.76%。其中,A股市场窄幅振荡,上证综指收盘跌0.16%;港股28日跌破20日均线14834点后节节败退,截至收盘,恒指报14555.11点,跌幅1.92%;日经指数跌2.67%,创将近一个月最低收位;韩国股市收低2.95%。

而欧洲三大股指大幅低开。截至收盘,英国富时指数跌2.3%、德国指数跌2.77%、法国指数跌2.27%。

美股方面,截至美国东部时间周二上午9:30(北京时间4月28日21:30),道指下跌0.38%,纳指跌0.76%,标准普尔500指数下跌0.35%。

(《广州日报》)

【金融市场对"猪流感"恐惧加剧 金市类似"非典"时】

随着世界卫生组织不断提高"猪流感"疫情的警告级别,全球金融市场对"猪流感"的恐惧进一步加剧。除全球主要金融市场以下跌收盘,股市、大宗商品市场、非美货币跌势进一步扩大,甚至国际金价也掉头向下。

分析师普遍认为,目前金融危机阴影未散,如果疫情大范围蔓延,对金融市场的影响可能超过此前的"非典"和禽流感。由于全球商品市场价格走低,美元被推高,金价反而受到抑制,但业内人士认为金市可能呈现"非典"时期的反应,先抑后扬。

从短线来看,"猪流感"疫情对于金价产生了抑制作用。由于"猪流感"全方位爆发,金融市场风险厌恶情绪高涨,农产品价格出现大幅度跳水。在此情况下,美元受到了短线资金的强力追捧,降低了以美元计价的黄金的价值。黄金市场掀起抛售狂潮,金价甚至跌破了900美元关口。然而从中线来看,多数专家认为本次"猪流感"疫情将利好黄金市场。中国黄金协会副会长侯惠民接受记者专访时认为,本次疫情发生在全球金融危机的多事之秋,疫情爆发进一步加强了黄金的避险功能,理论上来说,本次流感应对金价产生比上几次更大的利好作用。

目前金市之所以没有上涨,可能是因为近期金价整体走势疲软,且美元保持强势,黄金暂时还无法受到利好刺激。他推测,本次"猪流感"可能与SARS发生时类似,对金价产生先抑后扬的作用,在未来的半年时间里使金价逐渐受益。

(中新网 井楠)

第六章

影响：流感会压垮世界经济吗

5月12日，墨西哥旅游胜地坎昆海滩上见不到一个游客。（新华社）

墨西哥打喷嚏，全球经济感冒

墨西哥人是开朗乐观的，尽管遭遇了流感疫情，但他们还是保持着积极昂扬的心态，他们略带几分黑色幽默的笑话随着日益发达的信息传递手段，迅速传遍了全球，其中有一句笑谈大意是这样的："你知道吗，墨西哥已经成为世界强国了，它一打喷嚏，全世界都得流感。"

这句话中虽然更多的是调侃的意味，但恰恰生动地说明了甲型H1N1流感疫情对全球经济的影响。

目前来看，疫情仍然没有停止蔓延的脚步，它所造成的经济影响的辐射面已经远远超出了墨西哥一国，甚至超出了美洲的范围。

昕怡连线（墨西哥城）：当全球经济遭遇流感

自4月下旬甲型H1N1流感疫情在一些国家和地区爆发以来，世界各国纷纷采取措施防范疫情蔓延。疫情对一些国家的旅游、食品、养殖和交通运输业等实体经济部门产生了不利影响。本已因为全球金融危机而下滑的世界经济，再度因甲型H1N1流感疫情而面临新的考验。

除墨西哥之外，北美大陆的美国和加拿大也是疫情"重灾区"。美国分析人士近日指出，甲型H1N1流感疫情尚未对美国经济造成重大影响。因为美国目

当流感来袭
疫情第一现场目击实录

前为应对甲型H1N1流感所费不多,而从纽约股市三大股指的反应看,虽然与旅游、航空有关的股票几乎全线大幅下挫,但同时,制药和生物科技等行业的股票却不断飙升。美国股市总体而言也没有受到疫情的明显影响。

国际货币基金组织前首席经济学家、美国麻省理工学院教授西蒙·约翰逊认为,甲型H1N1流感疫情仅会对美国经济活动造成"小幅冲击"。因为此前全球在应对"非典"以及禽流感疫情方面已经积累了经验,在应对这次流感疫情方面有了更充分的准备。

由于美国经济是全球经济的龙头,因此流感对美国经济造成的影响更加引人注目,而某国际金融机构人士在接受记者采访时则谨慎表示,甲型H1N1流感疫情对美国以及全球经济的影响还言之过早,最快1个月之后才会有比较明确的判断。

美国经济受到的冲击尚未明朗,加拿大却已不堪冲击,特别是猪肉生产行业。加拿大猪肉产量的40%供出口,美国是加拿大最大猪肉出口市场,墨西哥是其第七大猪肉出口市场。目前疫情已导致两国进口加拿大猪肉减少。另外韩国、俄罗斯等国家也已暂停进口加拿大猪肉。由于加拿大艾伯塔省的一个养猪场已经发现猪感染甲型H1N1流感病毒,预计加拿大猪肉出口将受到

墨西哥人排队买冰激凌。(中国国际广播电台 于昕怡 摄)

第六章

影响：流感会压垮世界经济吗

墨西哥人对生活依然充满信心。(《今日中国》 曾平 摄)

更大的影响。

按照历史经验，全球性流感会分2个到3个波次影响全球。分析人士指出，当前的疫情还可能成为贸易保护主义的新借口。一些国家因为对疫区国家部分产品的担忧，而采取相关的贸易限制措施。如果没有充分的科学依据，将形成新的消极防范的保护主义。应对流感疫情如同应对全球金融危机，国际社会坚持合作十分必要。

2001年诺贝尔经济学奖获得者、美国斯坦福大学商学院研究生院前任院长和现任名誉院长迈克尔·斯彭斯并不认为甲型H1N1流感疫情会阻碍经济的复苏。因为及时的信息发布和疫情的控制在疫情的快速蔓延上正取得优势，这将降低疫情的发生几率。

在人们对疫情可能造成经济的负面影响猜测之际，世界主流财经媒体普遍认为，疫情恐慌反而会挡住全球经济复苏的脚步。对经济雪上加霜的可能是对疫情的恐惧，而非疫情本身。

相关链接

【"猪流感"引发全球担忧 失控将拖累经济复苏】

法新社称为"杀手"，路透社评价它"前所未有的危险"，美联社说它"致命怪病"……似乎在一夜之间，"猪流感"席卷了墨西哥和美国，并引发了整个美洲乃至全球的担忧。

当流感来袭
疫情第一现场目击实录

在全球遭遇数十年来最严重的经济衰退之际,"猪流感"的来袭不啻是雪上加霜。受疫情担忧情绪的拖累,全球主要股市大多下挫。虽然提供抗流感药物的制药巨头的股价强劲上涨,但依然未能阻止主要股市的下滑势头,旅游和航空板块受冲击尤甚。

同时,美国的经济或许因此陷入严重衰退。墨西哥是本次疫情的重灾区,它不仅是拉美第二大经济体,而且是美国最大贸易伙伴之一,它的经济问题可能波及美国。路透社指出,"猪流感"若愈演愈烈,将令墨西哥经济陷入深渊,并祸及美国和整个拉丁美洲。

经济学家认为,"猪流感"一旦在北美全面爆发,全球经济衰退或许会延长一至两个季度,其对经济所带来的杀伤力,甚至较第二波金融海啸更为严重。更为可怕的是,历史告诉我们,如果经济大衰退时遇上大流感,全球经济的复苏将更为困难。

(《经济参考报》 肖莹莹 王云)

【"猪流感"也不能阻碍趋势大反弹】

"猪流感"引起了国际的恐慌,金融市场也有了很大反应,中国的股市出现了黑色星期一,但是,"猪流感"危机并不会阻碍中国经济乃至世界经济的复苏进程。

虽然流感疫情在全球范围内的影响暂时难以量化,但从经济指标上来看,中国的经济有复苏的迹象。例如,房地产市场的回暖势头至今未改,市场公认的工业运行先行指标包括制造业采购经理人指数PMI、发电量和航运指数BDI,这些指标在今年2~3月份均有转暖迹象,表明经济快速下滑的阶段基本结束,除非出现再次的大利空,第一季度可以视为经济的底部。

除中国经济有复苏的迹象以外,美国作为金融危机的发源地,其房地产行业也开始有止跌回暖的迹象。2009年初以来的月度房地产数据显示,美国房地产市场下滑可能已经见底。尽管目前并未呈现明显的上升趋势,但按照当前的发展态势,美国房地产市场有望在二季度之前见底。随着楼市的见底回升,整个经济也能见底回升。

在流感肆虐之时,对于经济的发展我们绝不能掉以轻心,但经济反弹的进程,却是难以阻止的。

(新浪博客论坛 朱大鸣)

博友之声

【行情梦断"猪流感" 市场近期难乐观】

真是"人算不如天算"。近期密集出台的利好政策、逐渐向好的经济数据、初现曙光的宏观经济、连续走强的环球股市……无论从哪个角度分析,由于受世界金融危机重创而被打入1600多点地狱的A股市场,涨到2500点都属于恢复性行情,在此点位也不会出现长期、大幅调整,但

第六章

影响：流感会压垮世界经济吗

突如其来的"猪流感"疫情可能会使行情梦断，虽然疫情发生在距我们万里之遥的墨西哥，目前在我国尚未发现有染流感疫情的迹象，但由于有"猪流感可能在全球范围蔓延"的可怕报道，在"猪流感"疫情警报尚未解除前，恐怕股市将陷入一段时间的调整。

疫情蔓延之恐。据最新报道，在墨西哥32州中，已有19州传出病例，1600余人疑似感染"猪流感"病毒，其中已有149人死亡。世界卫生组织(WHO)今天宣布，美国已确认发生40起感染"猪流感"病毒案例，比美国卫生署疾病管制局(CDC)昨天宣布的20起多出一倍。不过WHO表示，在美国尚未出现致命案例。在欧洲一些国家也发现疑似病例。世卫组织总干事陈冯富珍在世卫组织日内瓦总部举行的电视新闻发布会上表示，这种已在人际间传播的"猪流感"病毒很明显地存在演变成流行性病毒的可能，且形势的发展"不可预测"。她说，这种在人际间传播、名为A/H1N1的新型病毒让人类面临一个"严峻的形势"，没有发现病例的国家必须提高警惕。

经济再遭重创。如果疫情真如专家所言爆发升温，势必将引发对贸易的限制，那么全球经济所需付出的代价可能升高到数以兆（万亿）美元计。荷兰国际集团表示，虽然墨西哥爆发的"猪流感"疫情给经济带来的影响尚不明确，不过市场应将潜在的全球流感疫情视为可能会危及部分国家经济复苏萌芽的又一个风险因素。世界银行估计，若出现流感大流行，全球可能要付出30兆美元成本，并造成全球的国内生产总值(GDP)下跌近5%。

政府紧急防控。这次墨"猪流感"疫情的发展也引起了我国政府的关注。据报道，卫生部等部门正组织专家对病毒序列进行分析，对疫情影响进行研判，研究应对输入性病例的出入境检验检疫等防控措施，完善相关防控预案；并密切关注疫情进展，加强与世界卫生组织、美国和墨西哥政府的联系，跟踪疫情及疫情防控的进一步详细信息，根据疫情发展趋势按预案做好各项应对工作。到目前为止，各省也积极应对，正在加强流感监测，制订应急预案等防控措施。CDC专家警告，即使这一波"猪流感"被控制住，今年秋天传统流行性感冒季节到来时，仍很有可能重新出现。

股市借机炒作，跟风风险大。"猪流感"使相关药物与疫苗需求激增，相关制药类股票借机炒作。新近爆发的"猪流感"疫情，可能为部分制药商与疫苗厂商带来意外的获利，欧美制药类股周一劲升。澳洲Biota Holdings Ltd 股价周一狂涨82%，该公司获得葛兰素史克美占的授权，生产吸入式流感药剂瑞乐沙(Relenza)；瑞乐沙和另一种由罗氏药厂(Roche Holding)生产的克流感(Tamiflu)是两种能有效治疗"猪流感"的药物，克流感为药锭，在当前疫情似有升温之际，需求显然会很强劲，罗氏在盘前参考价为上涨3.5%，美国生技公司Gilead Sciences也参与投资开发克流感；这场可能成为1997年禽流感以来最严重的流感疫情，预计也会提振对疫苗的需求，主要疫苗生产商如赛诺菲(Sanofi-Aventis)、葛兰素史克美占、诺华(Novartis)与Baxter International均纷纷受惠，不过针对新病毒开发疫苗，恐怕需要数个月的时间。A股也借机炒作，一些制药类股票昨天逆市大涨，不过从相关披露信息看，目前A股中尚无生产和研制预防和医治"猪流感"疾病相关药物的上市公司，追涨这些股票需谨慎。

需要回避的股票。从中国目前的情况看,猪肉基本上是自给自足,进口很少,对农畜业影响相对较小,但由于心理作用,近期相关产品的销售可能会受到影响,农畜业股票将经历一段时间的低迷;由于"猪流感"可能在人与人之间传播的警示,近期人们出游会变得谨慎,因此对境外旅游、航空业的打击较大,旅游、航空股借五一长假旅游热炒作的美丽幻影将破灭,取而代之的将是因对疫情的恐惧而使旅游业萧条,导致相关股票大幅调整的风险。

马克·吐温在其短篇小说《傻头傻脑的威尔逊》中说:进入股市"每天都是危险的"。为规避疫情给近期股市带来的不确定的调整风险,还是趁反弹先出掉,待事态稳定下来再买。

(新浪博客 冰雪寒霜)

第七章
反思：
一切危难，都是全球化问题

我想揭示大自然的秘密，用来造福人类。
我认为，在我们短暂的一生中，最好的贡献莫过于此了。
——（美国）爱迪生

当流感来袭
疫情第一现场目击实录

  5月11日上午，卫生部召开紧急发布会。会议内容极具爆炸性：中国内地发现首例确诊甲型H1N1流感病例。

  当天，四川省确诊一例甲型H1N1流感病例，患者是一名30岁包姓男子，目前在美国某大学学习。患者于5月7日由美国圣路易斯经圣保罗到日本东京，5月8日从东京乘NW029航班于5月9日凌晨1时30分抵达首都国际机场。口岸入境检疫时体温低于37度，没有反映个人有不适的症状；同日10时50分他从北京起飞，乘3U8882航班于13时17分抵达成都。

  5月9日，他在北京至成都的航班上自觉发热，伴有咽痛、咳嗽、鼻塞和少量的流涕等症状。在成都下机后，自感不适，直奔四川人民医院就诊。

  当该患者被确诊之后，卫生部迅速通知有关省市紧急寻找与该患者有密切接触的旅客，并呼吁乘坐上述航班的乘客和知情者尽快与当地卫生部门取得联系。

——题记

第七章

反思：一切危难，都是全球化问题

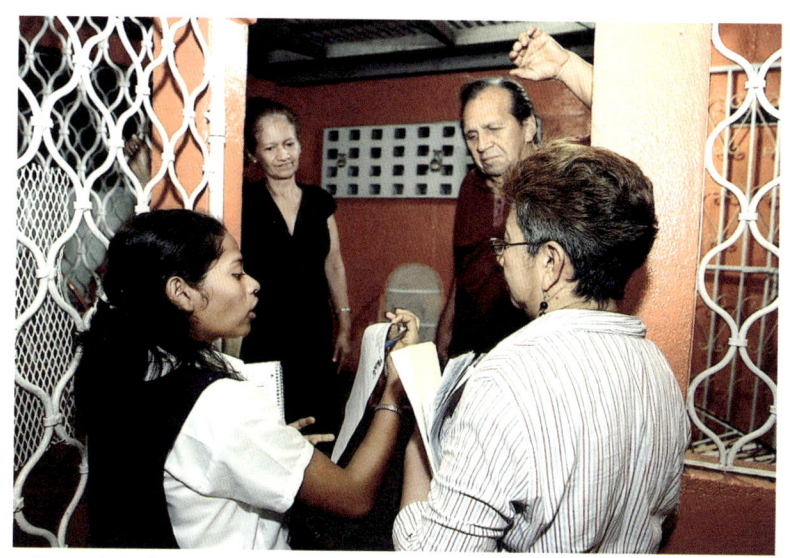

5月1日，尼加拉瓜卫生部门工作人员为居民发放甲型H1N1流感防治宣传材料。（新华社 海罗·卡伊纳 摄）

幸福原来如此简单

人生有追悔莫及的遗憾，也就有了失而复得的幸福。虽然这往往是电影里常用到的桥段，但发生在现实生活中，便有了几番别样的滋味：就像隔离与自由的一线之间，就像等待与启航的遥遥相望。

生活中也总会发生一些意料之外又无法避免的事情，就像谁也无法预料这场悄然发生的灾难，就像疫情的来源仍旧是个谜团。

曾平观察：自由的感觉很奇妙

5月7日，曾平选择了随第二批解除隔离的人离开宾馆，短暂的几天里，他亲身经历了一辈子都不会忘怀的世界大事。

回到家，他做的第一件事情便是理发。理完发之后，他绕着小区走了三圈，**有一种重归自然的感觉**。他还把医务人员送来的"解除医学观察通知书"收藏了起来，因为这是他"通向大自然的通行证"。

回想起几天之前被隔离的日子，最开始在地坛医院的时候，连送食物和生

当流感来袭
疫情第一现场目击实录

活用品都要通过双层的窗户。窗户开始是紧闭的,医护人员将外侧窗户打开,把用品放在中间,然后将窗户关闭,而曾平则在房间内将窗户打开,拿到用品之后再关上,以避免交叉感染。

还好这个时间比较短,经过进一步的检测,确定体内并未携带流感病菌之后,曾平等人转移了"阵地",住到了宾馆。每天测量两次体温,可以打电话、上网、看电视,虽然还是"笼中鸟",但已经比之前自由多了。

而当解除隔离的那一天到来的时候,当自由真的重归自己身边时,曾平不由得心生感慨:幸福原来是如此简单!

作为老一辈新闻工作者,老吴的心态更为放松,一方面因为社会经验丰富,经历了SARS等非常事件;另一方面则是因为他心中有一个坚定的信念:只要身在中国,就是安全的。

7日上午,当曾平走出国门路大饭店时,他可能也没有想到:4天之后,中国内地就确诊了首例甲型H1N1感染病例,在中国,可能有更多的人要被卷入这场疫情之中。

在墨西哥街头,一家三口正吃午饭。(中国国际广播电台 于昕怡 摄)

第七章

反思：一切危难，都是全球化问题

4月28日，在美国纽约，行人从一家旅行社窗户上张贴的"赴墨西哥旅游"的宣传海报前走过。美国政府正在考虑是否发布对墨西哥的旅游禁令。（新华社 刘欣 摄）

文君直击：疫情的未来难以预测

每天、每小时都在上演着死亡。这场突如其来的灾难给墨西哥带来了惨痛的伤害。数天之内，疾病的中心区墨西哥城陷入了巨大的恐惧中。

根据流行病学家的评估，依据过去经验与目前世界人口总数，如果爆发大规模流感，则可能导致700万人丧生。病毒如此不可预测，而我们的知识又是如此缺乏，甚至无人可以准确预测此次疫情最终将会造成怎样的影响。

5月4日，墨西哥《MX》杂志封面文章让人嗅到了病毒逼人的气息。

年轻的西班牙文翻译——文君正在家中休养，想起这篇文章，常常会陷入对生命的沉思。

"一切都好，学校将复课了。" 在拉美分社实习的国立自治大学学生劳埃（Noe）在MSN上给文君传来了大洋彼岸的最新情况。

然而疫情带来的伤害与痛苦是直接而又长久的，流感往往会持续几个周期，不能掉以轻心。甲型流感的第二波可能更严重，未来数月，它可能会发动更猛烈的攻势，给生命更多的磨砺。

当流感肆虐的时候，墨西哥人用他们的微笑展现着乐观开朗的天性。

没错，当我们能够直面生死，勇敢地面对生活的考验，并且随时随地反思自己的行为时，我们将会更加靠近幸福。

相关链接

【全球携手，救人，也就是自救】

全球化、信息化时代的人们正庆幸于信息传递的即时性，给人们带来更多便利，也带来更多针对大规模灾害的预警时间，"猪流感"的迅速传播扩散却兜头浇来一盆冰水。

此次"猪流感"爆发之突然，扩散之迅速，让全世界都措手不及。而比疫情本身更令人担忧与恐惧的是疫情传播速度之快，竟然超过了人们引以为傲的信息传递速度。当加拿大政府还乐观地公开宣称"加拿大没有危险"时，已有6名加拿大人悄然患病；当远离墨西哥、孤悬海上的新西兰多数人尚分不清"猪流感"与"禽流感"的区别时，奥克兰一所中学15名师生集体染病的消息已不胫而走。

全球化和信息化时代为"地球村"的人们提供了更多旅行、交流的机会，这固然带给人们欢乐和便利，却同样也为疫病的扩散插上了翅膀。此次"猪流感"病毒正是依靠这对翅膀，在几天内飞遍了全球。全球化、信息化时代，病毒不仅传播快，而且变异快、抗药周期短，对人类的威胁更大。因此，当人们遭遇"猪流感"海啸时，应该首先做到全球携手，共同建立起能对瘟疫海啸做出及时、有效反应的体系和机制。全球携手，救人，也就是自救。

（中国日报网　陶短房）

【食品安全监督，"猪流感"呼唤分餐制】

"非典"和"猪流感"应该是表亲。当初"非典"在我国的传播速度与今天"猪流感"在墨西哥的传播速度相比，似乎我们占了上风。

这和我们猪八戒般偏好群餐制，喜欢大家在一个盘子里你方夹罢我登场不无关系。

全球各种新型传染病纷至沓来是不争的事实。群餐制对于传染病是利好，分餐制不利于传染病的传播。

发达国家最先进的东西就是分餐制，我们没学到，倒学了不少糟粕。

如果我们鄙视群餐制，"猪流感"来了我们不怕。

墨西哥每天有一架波音777载着300人降落在上海，"猪流感"登陆中国只是时间问题。我们要防患于未然实施分餐制。一旦"猪流感"莅临，我们就能不让它通过群餐制迅速蔓延，将它困死在一个人的盘子里。

（新浪博客　郑渊洁）

第七章

反思：一切危难，都是全球化问题

流感来袭，引发"人与自然"定律

5月10日，世卫组织的网站上像之前一样更新着每天都在上升的数据。

全球甲型H1N1流感确诊病例继续大幅度增加，疫情蔓延至29个国家和地区，4379例确诊。

不幸的消息从加勒比海小国哥斯达黎加传来：9日出现首例甲型H1N1流感死亡病例。北欧的挪威也在同一天出现两例确诊病例。

11日，之前一直保持着较好态势的中国也确诊了首例感染病例，流感继续向全球蔓延，全球应对，刻不容缓，而该病的源头之谜，至今仍然未能解开。

4月30日，世卫组织宣布，从当日起，该组织不再使用"猪流感"一词指代当前疫情，而开始使用"A(H1N1)型流感"一词，中国则按国内中文表述的惯例，将原人感染"猪流感"改称为甲型H1N1流感。这一不准确的临时用名给了猪一条莫须有的罪名，进一步影响全球"涉猪"行业。

究竟是谁"导演"了这场流感风暴？网络、报刊、杂志等媒体上，人们在努力地寻求答案。

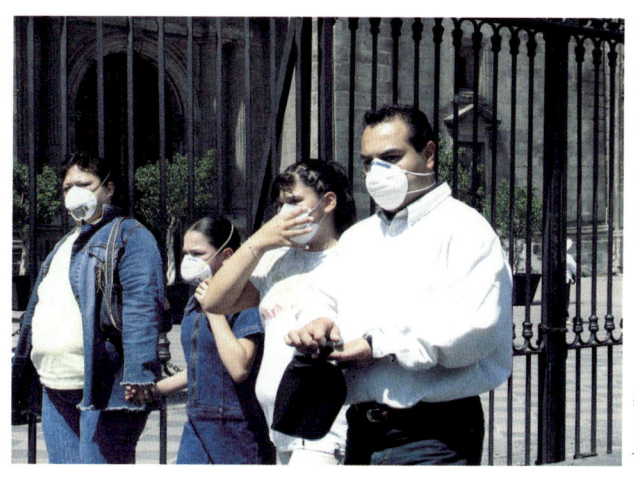

墨西哥街头，一家墨西哥人均戴口罩上街。（中国国际广播电台 于昕怡 摄）

曾平观察：给"猪"正名

在曾平看来，"猪流感"这个命名本身直接给本来就处于经济危机中的世界经济下了圈套。墨西哥、美国是猪肉制品出口大国，这样的命名必然会影响"涉猪"产业的发展，并引起世界范围内的连锁反应。

当流感来袭
疫情第一现场目击实录

流感期间,墨西哥街头艺人在演奏。(中国国际广播电台 于昕怡 摄)

最直接的反应也是最急不可耐的反应出来了,有人把屠杀猪群作为防控流感的措施。为防出现"猪流感", 埃及4月29日开始屠杀该国约30万头猪,引起了大批农牧民的不满。

当地农民说,如果他饲养的猪全被杀害,而没有补偿,他不知道该靠什么生活。

在开罗北部一个大型养猪场,数十名农民堵塞了街道,阻止前来实施宰杀的卫生部官员车辆进入。一些人向车辆投掷石块,卫生部官员不得不返回。

这些事情都是前期真相未明引发的闹剧。随着这些天世界各国对流感病毒的进一步研究, 猪逐渐摆脱了尴尬的境地。

老吴实录:疫情面前,人类应该反思

十七年前,老吴参加了世界环境发展大会的采访工作,当时会上已经提到了环境保护的重要性,只不过当时的环境问题还不像现在这样突出。

然而十多年来,地球却越来越不堪重负。洪水、地震、"非典"、禽流感一场接着一场,世界呈现着一种"失调"的状态,并且就在这种状态下急速地向

第七章

反思：一切危难，都是全球化问题

前奔跑着。

人类应该去哪里寻找拯救地球的答案呢？

老吴说，中国古代所提倡的"天人合一"的思想才是我们最正确的准则。西方人总是想要战胜自然，这种想法并不现实，一旦过于执迷，必然要遭受自然的惩罚。当前中国所提倡的环境友好型社会才是正确、科学、和谐的发展目标，人不应该将自己凌驾于自然之上，也不能做自然的奴隶，而是要做它的朋友。

人类的过度开发，对生态保护的忽视，对动物的虐杀才是种种灾难的罪魁祸首。世界上每个生灵的存在都有其特殊的意义，而人类的生产活动却往往破坏了自然原有的和谐。

科技让人类走得更快，跨洋越海也只是转瞬之间，便捷频繁的流动让我们每天都能接收到地球任何一个角落最新的消息，同样，病毒也就能插着翅膀漂洋过海了。高频率的接触使这种灾难性病毒被迅速蔓延到世界各地。

人类常常将自己称为"万物之灵长"，其实，每个人的生命都不过是地球生态之网中的一个结点，一旦生态链条被撕断，自己也将万劫不复。与其当疫情爆发时积极应对，不如防患于未然，尊重自然，师法自然，在自然面前把"人"字写得越小越好。

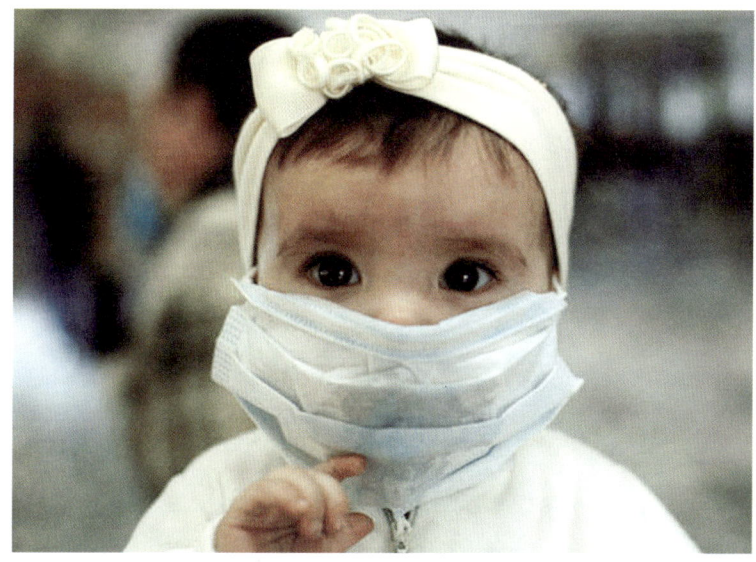

"猪流感"肆虐，口罩遮住了美丽。（大旗网）

相关链接

【疫情背后的哲学命题】

从墨西哥爆发的"猪流感"逐渐蔓延到全球,意味着一种新病毒在人际间传播,并可能引起"群体性"爆发……这是继金融危机爆发后又一次全球性重大危机,在考验各国公共卫生应急能力的同时,也为人类提出了一个关乎生存的重大命题。

每天从世界各地发出的消息充分证明病毒仍在继续传播,而这种状况让目睹过SARS、禽流感、口蹄疫等烈性新型传染病的人心有余悸,因为生产和接种疫苗都需要时间,采取隔离等方式控制疫情为时已晚,一旦疫情从地理概念上扩大范围,人道主义灾难可能无法避免。

这里所说的"人道",是以人为本的共识,尽管此次疫情定义是"猪流感",人们也很少站在动物的立场认真反思自己的过失。从SARS到禽流感再到"猪流感",似乎形成了这样一个规律:越是与人亲近的动物越容易被人伤害。由于滥捕滥杀、破坏生态平衡等现象遍及全球,使原本寄生于野生动物体内的病毒侵入到人体中,进而成为人类的"杀手"。

从哲学概念分析,人类所奉行的是自我中心主义,总以为满足人的基本需要进行的捕杀、砍伐都是道德而合理的。人们以站在地球生物链顶端为荣,向来以征服者自诩,这样的价值观已经融于现代文明的血脉,无时无刻不在左右着人的思维和行为方式。特别是随着现代文明的到来,人类为了达到利己目的,"万物为我所用"的欲望空前增长,对大自然的掠夺随着科技的进步而更加疯狂。

此次"猪流感"的爆发不仅是大自然的一种报复行为,工业污染、大气变暖等已造成了更多的菌体变异。工业化文明越来越像一个潘多拉的魔盒,释放出来的魔鬼并非只是SARS、禽流感、口蹄疫,也就注定了不会以"猪流感"结束。比"猪流感"更加凶猛的病毒还有多少?还有多少类似"猪流感"的病毒尚未出笼?由此想开去,我们似乎已经看到了悬在人类头上的达摩克利斯之剑在晃动,这是比任何瘟疫更可怕的灾难前兆。

(中国网 王龙)

【"猪流感"来了,我们该反思什么】

"猪流感"来了,农业股受重挫,纷纷下跌;"猪流感"来了,人们纷纷取消赴墨西哥的旅行,减少出行;"猪流感"来了,相关的诊断及防治、鉴别的手册增多,相关网络搜索增多……

面对"猪流感"的到来,难道我们就不该反思吗?人类随意践踏生存的环境,给地球造成巨大的压力;乱砍滥伐,破坏环境;宰杀其他物种,破坏生态平衡,把地球弄得千疮百孔。到最后,人类只能自己承担地球的惩罚。厄尔尼诺、温室效应、全球气候变暖、"非典"、汶川大地震,还有现在的"猪流感",哪个不是地球对人类的惩罚?人类施压于地球,获得一时的经济

第七章

反思：一切危难，都是全球化问题

利益，却没有考虑长远的生存环境，鼠目寸光，导致生态恶化，地震海啸频发，病毒横行，全球进入恐慌。人类是不是该深刻地反思呢？不是只做面临危机时的短暂思考，而是应该在未来的时间投入更多行动，减少不计后果的行为。

世界需要大家的共同珍惜和爱护。人类给地球以破坏，地球必将以同样的方式惩罚人类。人类爱护环境，实行可持续发展，地球也必将给人们一个美丽富足的生存环境。

（新浪博客 梦江）

反思中国式防控

从墨西哥开始的流感如随风四散的蒲公英种子，飘到哪里，就在哪里生根发芽，全球行动依然无法彻底阻断它散播的途径。5月11日，距离汶川大地震一周年纪念只有一天之隔，中国内地首例甲型H1N1病例被确诊。

老吴和曾平都经历了2003年的SARS，同时也都是流感事件的亲历者，对疫情的防控，他们有着各自的看法。

老吴实录：防患未然，才能保持主动

从来自上海的电话里隐约能听出老吴心中的丝丝悲悯。

"这场疫病并非完全是墨西哥人的责任，而他们此时，却替全人类承担着更多的痛苦。疫病的传播是随着全球化趋势的加强而出现的，所以，也必须在全球携手中才能实现更好的防控效果。"

"地球村"的形成，为人类带来便捷的同时也带来了更多的隐忧。所以，面对疫病最好的方法是防患于未然，在疾病大规模传播之前切断其传播途径。但单靠一个国家的力量挽回不了局面。

经历了"非典"考验的中国应该从此次疫情中从容地吸取更多疾病预防方面的经验。政府检疫措施的加强与公民自我防护意识的提高应该同时并举，双管齐下。在此次防疫过程中所采取的一些措施应该制度化，例如在机场等交通场所的红外照射就可以作为一项制度化的措施存在，防患于未然。

当流感来袭
疫情第一现场目击实录

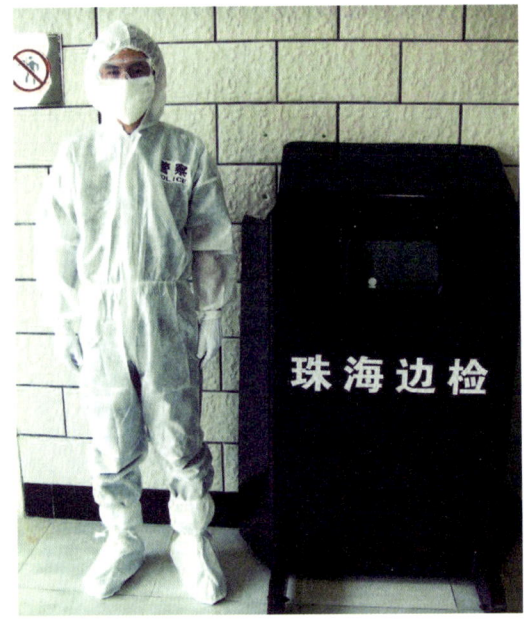

珠海检验检疫局采取严密措施防范甲型H1N1流感疫情经口岸传入。(《珠江晚报》)

曾平观察：防控，我们将会做得更好

从墨西哥城登上AM098航班，降落上海，转入北京隔离，曾平目睹了流感爆发后中国政府的反应速度。

第一时间内将与患者有过密切接触的人员重新聚拢，顶住来自墨西哥的外交压力，果断的隔离措施，消除社会上的恐慌心理。透明的新闻度，每天公布隔离者的状况；被隔离者可以与外界自由通话、上网、发表文章……

但是，在这个过程中，我们的工作仍然存在着一定的疏漏。

AM098航班来自流感疫情的重灾区，机上上百名乘客每个人都可能携带着流感病毒。当曾平在机场经过了两道安全检查之后，听到有人问"我们是不是可以走了？"工作人员回答说"可以走了"，大家立刻觉得很轻松，认为经过了两道安全检查应该没有问题了。但当天晚上，香港的首例消息播出以后，所有人立刻变得紧张起来。

流感的爆发有一个潜伏期，如果在检查之时再慎重一些，如果能够第一时间内将机上乘客进行短时间的医学观察，就能减少不必要的麻烦。

第七章
反思：一切危难，都是全球化问题

这不仅仅是麻烦，还存在着很大的风险。因为当航班上的乘客被告知可以离开时，风险已经被散播到了社会上。当患者被确诊后，即便100多名乘客又被政府重新召集并隔离，但与他们密切接触的所有人是否都将被隔离呢？当乘客离开机场时，风险系数已经提高了。

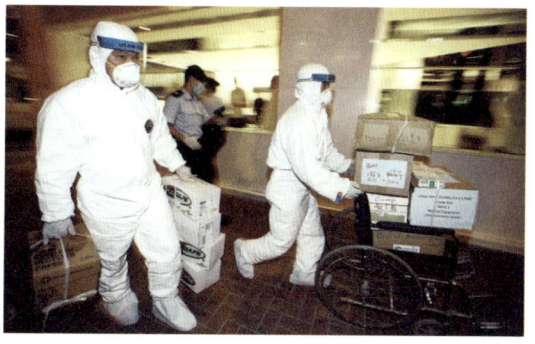

5月1日，医务人员将消毒物品送进已经被隔离的香港湾仔维景酒店。感染甲型H1N1流感的患者曾入住该酒店。（新华社 周磊 摄）

经历了"非典"、禽流感之后，中国的疾病预防体系正在逐步完善，政府预防措施也逐步到位，但是仍然还有很多细节需要注意。细节决定成败，当四川第一例甲型H1N1确诊病例出现的消息传来之时，我们是否都应该进行反思，在未来的日子里，怎样才能够更好地规避风险？

5月15日，首都机场的工作人员向旅客发放甲型H1N1防控知识折页。（新华社 李文 摄）

相关链接

【防止全球大爆发,疫情须得到严密监控】

墨西哥"猪流感"疫情严重,世界卫生组织已进入高度戒备,总干事陈冯富珍表示"猪流感"病毒有在全球广泛爆发的可能性,情况严重,须严密监控。

环境保护,食品安全已成当前重中之重,人类活在地球上是希望活得健康、美好、幸福、长寿,更希望后代生活在山清水秀鸟语花香的地球上,以人类目前活动来看,差强人意!

人的贪婪、纵欲、自私、冷漠表现在生活的方方面面,渗透在政治经济各领域中,让人类不再和谐。透过各国政治经济斗争,我们看到前所未有的没有硝烟的战争无处不在。人类共同的敌人是什么?当务之急又是什么?缺乏远见和自私会给全人类带来毁灭性的灾难!

当我们的同胞为那可怜的钞票不断在制假造假,不断地在添加有害添加剂时,大范围的瘟疫席卷而来,生命尚难保障,敛财来干啥?非要等到自食其果才肯罢手?为时已晚了。

各国政治精英、经济智囊在追求财富谋求发展时,有没有想过以人为本还是以钱为本?文明可持续发展才是进步的。

自然灾害,我们无所畏惧;人为灾难,我们心痛!

(凤凰网《世卫组织:"猪流感"恐全球大爆发 须严密监控的反思》)

【"猪流感"悲壮抗议丛林法则】

越来越清晰的证据表明,爆发"猪流感"的社会根源,与我们并非风马牛不相及。有消息称,此次最早染病的是个住在一家大型养猪场附近的四岁男孩。这家养猪场是美国史密斯菲尔德公司的下属企业,长期以来存在着相当严重的环境问题。最初的病原体就可能产生于这个地方。

墨西哥所在的拉美地区,与亚洲地区一样,都是世界工厂的一部分。这些发展中国家的共同点是,他们必须互相竞争,吸引发达国家国内不允许存在的污染企业,作为自己的支柱产业,在获得菲薄利润的同时,遭受环境资源的破坏,以及人民健康的损害。这一事实正说明了这样的道理:穷人的敌人,是更多的穷人。发达国家是深知这一点的,假如你不满,还有更多更穷的国家和地区,伸长脖子在等待我的资本。这就是所谓的"丛林法则"。

强势经济体自然宣称这是市场规律的作用,但是,这其实早已破坏了起码的市场原则,因为在市场条件下,企业应该承担其造成的环境污染的治理成本。但从墨西哥这家养猪场上空的"苍蝇云团"来看,只顾赚钱的美国企业,不但没有对当地人民的环境损害支付补偿,就连起码的环保措施,也许都不够完善。穷人和穷人之间、穷国和穷国之间的生存竞争,成为富人和富国的福利。

第七章
反思：一切危难，都是全球化问题

可见，"猪流感"作为当今世界强势经济体对弱势经济体过度掠夺的爆发，其意义远远超出了一次传染病的范围。中国和墨西哥同属发展中国家，在全力戒备之外，要根本杜绝这类悲剧的发生，最终还是要靠革新自己的发展道路和发展方式。

(《成都商报》)

【从非典到甲型H1N1流感，中国走了多远？】

4月，一场肇始于墨西哥和美国的甲型H1N1流感，开始在全球流行。到5月13日格林尼治时间6:00，33个国家正式报告了5728例甲型H1N1流感感染病例，其中中国内地确诊2例。

应该说，到目前为止，甲型H1N1流感在中国并没有引起太大的恐慌，在某种程度上，得益于及时和全面的信息公开制度，以及中国政府充分、完善和快速的应急预警和处理机制。

从应对非典到应对甲型H1N1流感，6年来，中国积累了哪些经验？取得了哪些进步？

危机还没有结束，做全面评价还为时尚早。不过，管中窥豹，可见一斑。通过对到目前为止，各级政府和行动者的应对行为、过程的观察，或许可以找到一些端倪。这些经验对以后的疫情防治至关重要，我们也期待下一步的防治工作更细致、更透明。

1. 疫情应对进入最高决策层

现代社会的流动性和复杂性，使得任何一个区域性政府和部门都不可能处理好公共卫生事件，无论是与国际社会的协调，还是国内各级部门和各级政府的协调，都需要依靠最高决策层的权威。

中国最高领导和最高决策层，第一时间将甲型H1N1流感防治纳入最高议事日程。在中国还没有发现疫情时，4月28日，胡锦涛就对做好防范人感染猪流感疫情工作做出指示，温家宝主持召开国务院常务会议，研究部署中国加强人感染猪流感预防控制工作。5月5日，温家宝再次主持召开国务院常务会议，听取前一阶段汇报工作，再次部署甲型H1N1流感防治工作。

5月10日，中国确诊首例输入性甲型H1N1流感患者。随后，5月11日，胡锦涛再次就甲型H1N1流感的防治工作做出指示，温家宝第三次主持召开国务院常务会议，研究部署进一步防控措施。

纳入最高领导和最高决策层的议事日程，是保证应对公共卫生事件取得良好效果的根本。

2. 将中国纳入世界公共卫生事件防控体系

在防治甲型H1N1流感事件中，中国以开放的心态融入世界，将中国纳入世界公共卫生事件防控体系。加强同世界卫生组织的合作，加大对国外甲型H1N1流感的报道与监测，及时与其他国家开展各方面的合作。

比如，5月13日下午，陈竺部长应约与世界卫生组织(WHO)总干事陈冯富珍通电话，双方围绕甲型H1N1流感防控策略、本次疫情的特点和发展、抗病毒药物和疫苗的研制和储备等交换了看法。中国每一步都与WHO保持沟通。

3. 政治动员，各级政府和全社会参与

在危机状态之下，政治动员是各国政府普遍采取的做法，中国拥有政治动员的传统，适当的政治动员有利于及时制止公共卫生事件的扩大和蔓延。

胡锦涛的两次指示，温家宝的三次国务院常务会议，都是实现政治动员的体现。

在政治动员过程中，新闻媒介起到了十分重要的作用，它们是动员信息的扩散者和信息传播渠道。自4月24日以来，甲型H1N1流感是各大媒体、网络和电视的主要焦点话题。

在此之后，中国为了应对甲型H1N1流感，采取医学观察措施，大部分公民都表示理解，可以看出政治对社会的动员起到了作用。而各级政府快速的反应和应对措施，表明政治动员对各级政府起到了作用。

4. 准备充足的财政资源，注重发挥专家作用

据报道，为了应对甲型H1N1流感，中央财政已经安排50亿元专项资金，地方各级财政也要拨出专款。此外，各个市都确立了定点医院，并且安排充足的物质资源储备。例如5月6日北京地坛医院发言人表示，已储备2万个口罩和2万套防护服，还有达菲药物以及抗生素。

专家是甲型H1N1流感防治方案的提出者，是甲型H1N1流感发现者和监测者，以及甲型H1N1流感的治疗者。在整个公共卫生应急处理中，他们都发挥着不可替代的作用。

据报道，卫生部组织专家在《人感染猪流感诊疗方案(2009版)》的基础上，结合世界卫生组织和其他国家甲型H1N1流感最新诊疗经验和相关资料，研究制定了《甲型H1N1流感诊疗方案(2009年试行版第一版)》，并于5月8日向全国发布，成为防治甲型H1N1流感的最权威方案。

到目前为止，从四川和山东两例甲型H1N1流感确诊病例的治疗情况看，方案都发挥了重要作用。

5. 改进了信息公开的数量、质量和类型

信息公开的过程，也是各个主体明确责任的过程，更是各个主体自觉地协调和约束自身行为的过程，通过信息公开客观上能够起到政治、权威和命令所不能够协调全社会的作用。

甲型H1N1流感信息的公开，个人会根据流感的信息来评估被感染的风险，从而采取理性的选择行为。当每一个人都为自己的健康负责时，整个社会的防治水平就会提高。在信息公开中，看似无秩序，实际上有秩序。

据观察，与2003年非典防治相比，中国在甲型H1N1流感防治过程中，大大地改进了信息公开的数量、质量和类型，实现了公共卫生处理机制的全过程信息公开和实时信息公开。从应急预案，到应急处置，以及进一步的防治措施，都做到了向全社会公开。

据《南方周末》报道，四川出现内地第一例甲型H1N1流感疑似病例后，为"避免恐慌猜忌情绪蔓延"，5月11日凌晨，成都市政府着手准备新闻发布会，凌晨3点正式召开。这种速度在以往是没有过的。

第七章

反思：一切危难，都是全球化问题

6. 提高了分散化处理危机的能力

应对危机，快速反应和快速行动十分重要。而快速反应和快速行动，需要以分散化处理危机为制度前提，面对公共卫生事件危机，并不需要集中处理，相反，需要属地化管理和分散化处理。

这次北京市在应对危机的分散化处理上可圈可点。据报道，5月10日22：30，四川发现疑似病例，北京市卫生局在30分钟内启动应急预案，调动了所有应急网络，并将147名乘客根据所属14个区县，分别由各区县负责寻找隔离旅客，最终在24小时内完成了隔离任务并进行风险评估。

可以说，应对危机最重要的是明确责任，将危机分散化、分部门去处理，而不是让一个统一组织来进行集体处理。

7. 加强了跨地区和跨部门合作，形成协同治理的政府

分散化处理危机，并不意味着不需要协调，相反它对协调提出了更高要求，需要中央与地方政府协调，跨地区协调，跨部门协调。这其中，信息网络机制是协调的重要途径。据报道，5月12日，北京市卫生局局长方来英表示，北京能够很快获得与四川患者接触的信息，得益于遍布全国医疗机构的疫情报告网络，以及北京市卫生部门和民航部门出入境检疫局建立的防控信息实时通报制度。

当然，中央政府的协调也是十分重要的，这一次，卫生部通过通报四川确诊信息，实现四川与北京之间协调。不过，在山东案例中，由于卫生部门与铁道部门之间没有很好沟通和协调，错过了对重要密切接触人员的及时医学观察和隔离，其中的教训需要总结。

总体来看，在甲型H1N1流感防治中，政府公共治理水平明显提高，中央政府协调地方政府间的能力得到提高，地方政府各级部门之间协调也得到加强。

8. 学会用法律来处理危机

在应对甲型H1N1流感时，政府需要采取一些强制性措施，包括实施隔离和医学观察。并且随着危机的深入，强制性措施会加大。中国在迈向法治政府的进程中，一个重要的问题是如何使得危机处理符合法律的逻辑。

因此，危机应对面临双重压力，一方面需要采取强制性力量来处理紧急事件和公共安全事件，另一方面需要遵循法治的逻辑。

这两者的结合，就要求用法律来处理危机，使得危机处理法治化，这样既可以保证法律的尊严，也有利于危机的处理。与此同时，将危机处理法治化的过程，也是提前预防危机的过程。不过，与危机相比，法律往往滞后，因此，必须针对每一次危机，不断地完善法律，为下一次更好地处理危机提供法律基础。

自2003年非典危机以来，中国公共卫生应急事件的处理法治化得到了加强，比如，通过修改和制定一些法律，包括《传染病防治法》、《国境卫生检疫法》、《突发事件应对法》和《突

发公共卫生事件应急条例》等，使得疫情监测、流行病调查和治疗实验等都有了法律依据。

据报道，在5月初，成都市疾控中心根据卫生部下发的《防治技术指南》和《诊疗方案》，已经对232名技术人员进行了全面培训，传染病医院也已经进行了4次演练。

当然，在用法律处理危机的过程中，也面临着挑战，例如，如何使新的传染病纳入传染病防治法，如何对交通工具实施传染病防治等，都是在全球化、流动性和不确定性时代需要考虑的问题。

■ 结语

经过2003年的非典之后，政府应对公共卫生事件的经验和能力有了很大的提高，并且逐渐形成了与政治体制和传统相适应的一些做法和措施。在甲型H1N1流感的应对中，中国已经初步取得了一些成果，并正在形成一些制度化的措施和手段，应对危机正在从一种非程序性决策走向程序性决策。

这意味着，危机正在从一种非常态走向常态，也意味着我们已经将危机和风险纳入政府管理。

在未来，中国应对公共卫生事件，仍然有很多地方值得完善。比如，如何形成完善的事后评估机制，对于公共卫生事件的影响进行全面评估，包括政治影响、经济影响和社会影响？如何形成有效的成本分担机制，对于公共卫生事件的治理如何在各级政府、组织和个人之间分担成本，使得成本和收益对等？如何进一步促进信息和决策在跨部门之间沟通和协调？

（注：本文作者为中国人民大学公共管理学院博士、讲师）

（《新京报》 李文钊）

【曾光：当流感来临】

对这次新型病毒我们是否反应过度

新型流感病毒的结构比较复杂，包括猪流感、禽流感在内，其杀伤力都很难预测。

公共卫生决策首先要依靠科学，要通过大量的科学分析来估计其发生各种演变的可能性。但决策并不仅仅取决于科学，还取决于对最坏结果的预测。

1918年到1919年的流感大流行，全球至少有五千万人丧失了生命。1918年3月份，流感刚刚在美国爆发时表现很"温和"，但10月份后其杀伤力却突然显现出来，从美国横扫了欧洲，也横扫了世界。谁能保证这样的事不会再次出现？当然现在不可能死这么多人，连五百万、五万都不会，这是人类对自己提出的要求，但这也是不容易做到的。实际上，世界上每年死于流感的人数远远不止五万，甚至不止五百万。当然，在季节性流感中死亡的人主要是那些65岁以上的老年人，还有那些有慢性病的，流感正是对他们生命的最后一击。

第七章

反思：一切危难，都是全球化问题

检测试剂的运用

"非典"刚刚发生时，我国面临的最大困难是缺乏特异性的检测试剂，很难判断发热者发热是否源于"非典"，因此也就无法采取隔离措施。而这次我国卫生检疫方面的显著进步就是在尚没有确诊病例时，就已经拥有了诊断试剂，并迅速普及到了84家网络实验室。

我国研制疫苗的状况

疫苗应该兼顾有效性和安全性，才能投入生产。我国完全有能力在冬春季节到来的时候研制出疫苗，但有一个量的问题，可能暂时无法满足这么多人的需求。

到现在，人类都没有杀灭病毒的特效药。所谓的抗病毒药物只能对病毒的代谢起到一定的阻碍作用。对达菲这类抗病毒药物，我国应该采取两个态度：第一要积极储备；第二要合理应用。

围堵政策的意义

围堵政策，是为了完成一个战略目的，即给人类争取一个时间，创造一个环境。如果不围堵的话，它的爆发会造成严重的后果：在短期内感染人数可能呈现一种几何基数增长，甚至指数基数增长，这意味着在很短时间内会有大量病人出现，且其中有相当一部分是重症患者。病床、氧气、呼吸机等都会紧张，医院承受不了那么大的压力。

所以实行围堵政策的目的就是使疫情能够按照我们预期的方向发展：一是流行高峰晚一点出现；二是将流行高峰压低一点；三是病例的出现呈"细水长流"状。这样我们就能获得更充分的时间，既可以依靠气候的变化来中止疫情的扩散，也可以在这段时间内生产疫苗，准备抗病毒药物，准备口罩，腾出病房，以救治危重病人、总结救治经验等。

流感在世界的趋势

现在首先担心的是拉美的不发达国家，特别是墨西哥南部的邻国。因为冬季到来后，将有两种流感同时并行，如果在同一个人身上出现，可能会发生新的病毒变异、基因重组。当南半球的冬季过去，我们的冬季、春季来临时，病毒就会像候鸟似的"迁徙"，谁能阻止南北半球人的来往呢？这时对中国的真正考验就到来了。

亚洲首先发现病例的是韩国、中国香港、日本、中国大陆等国家和地区，公共卫生实力相对比较强，经济发达，人口往来也最多。其他地方是没有，还是没有发现流感患者呢？这些都无法预测，我个人希望是真的没有。

1918年到1919年那次大流感，本来预测死亡人数将达到两千万，最后却发展成了五千万，这是因为过去的数据分析，往往没有把发展中国家计算进去，而这些地方恰恰是传染病流行最严重的地方，救护力量也相对比较差。

做决策时按照怎样的预测去准备

在做出决策的时候，我认为应该按照最严重的结果去准备。因为一旦发生最严重的后果，人类将遭受巨大的灾难。所以，如果做预测，我宁愿选择最严重的后果，并积极为防止其出现而做准备，但这并不代表我认为它的可能性最大。

当流感来袭
疫情第一现场目击实录

对未来的态度

对防控持乐观态度，原因主要包括：这种病是可防可治的；中国的社会动员组织能力很强；中国的准备比较充分；中国的学习能力很强；中国在应对非典时，一开始比较乱，但迅速由弱变强，调整的节奏非常快；中国吸取教训的能力很强，非典时主要吸取自己教训，现在还可以吸取别人的教训，同时也学习别人的经验。

我们的公共卫生事业正在进步，人们对传染病的认识在提高，对应该采取的措施、国际原则，如公开透明的认识都有所进步，但这也并不是说一切都准备好了。

与这个新型流感做斗争，就像一场战争，不可能在战争开始之前就做得详细、周到，需要情报，需要根据敌情的变化及时采取对策的变化，这比预案更重要。

对于这场仗我觉得很满意，跟其他国家比，我们算是做得很好的一个。

（中央电视台《面对面》栏目访谈实录 曾光 2009年5月16日）

博友之声

【"猪流感"：全球化时代的反思！】

"全球化"或曰"全球一体化"，是当今世界的最大特征，也是当前人类的最大挑战。

2007年的美国"次贷危机"引发了2008年华尔街"金融海啸"，此后，美国"金融危机"迅速恶化引发了2009年全球性的"经济危机"，一场百年不遇的"经济大萧条"席卷世界，这可能是"全球化浪潮"所引发的最严重的危机。如何克服这场危机？这场危机何时结束？危机之后的世界又会怎样？

2009年4月27日，欧美出现了"猪流感"，人心惶惶，股市下跌，这究竟是怎么回事？我们不能忘记20世纪80年代以来困扰人类社会已经30多年的"艾滋病"！自2003年"非典"爆发以来，从"禽流感"到"猪流感"，不同物种之间的"传染屏障"出现了问题，"流感病毒"在生物界不同物种、不同纲目之间出现了"一体化"感染，这可能是一个非常危险的信号：一场极其严重的生态危机已经来临，后果不堪设想。30年来，病毒与人类之间演绎了一场又一场的"现代瘟疫"，这难道是偶然的吗？

毫无疑问，这是一种"全球化"的灾难。人无远虑，必有近忧，如果就事论事，可能无济于事。

目前，人们正在思考重建世界新秩序，未来全球化时代的"世界新秩序"该是一个怎样的框架特征？史无前例，事关重大，许多问题都需要我们深刻反思。气候变化、经济危机、天灾人

第七章

反思：一切危难，都是全球化问题

祸，危机四伏，在困难重重的世界形势下，对于各种"突发事件"，各个国家穷于应付，这究竟是怎么回事？这个世界怎么了？

从历史的角度看，今天的世界秩序是60年前"二战"的产物，30年前"冷战"时代结束，随着"苏联解体"和"柏林墙"的倒塌，"全球化浪潮"汹涌而起，世界人民欣喜若狂！"经济全球化"和"金融一体化"成为势不可当的时代潮流。60年来，联合国、世界银行、国际货币基金组织和世界贸易组织等"全球化机构"扮演了主导性的历史角色。在"全球化"浪潮冲击之下，民族、宗教、国家和家庭，这些由来已久的人类社会的基本组织形式遭受了巨大的裂变，突飞猛进的经济发展，日新月异的生活方式，似乎意味着一切都已经过时了：今天很美好，明天更美好！果真如此吗？现在该是反思的时候了。

一个人，一个家庭，一个国家，甚至于整个地球，作为一个完整的"系统"，都需要"和谐"、"稳定"、"平衡"和"统一"，而"多样性的统一"则至关重要，否则"系统"就会涣散消亡。任何"系统"都有其特定"结构"，有"结构"才有"功能"，而"结构"的基本特征就是"区域化"的"分别性质"，本质上是一种秩序。而"多样性"的彼此独立与互相配合是基本前提，整体"系统"的相对"封闭性"和相对"开放性"是相辅相成的，任何"系统"都没有绝对的"封闭"和"开放"。没有稳定的机制保障，没有相对封闭的保护，所谓"完全开放"就意味着彻底灭亡。绝对封闭与完全开放都是"系统"已经死亡或者解体的特征。无论是电子、原子、细胞、生物体、个人、家庭、国家、地球、星系、宇宙……任何"系统"都有相对"封闭"的"边界"形态和相对稳定的结构特征。就"生命系统"和"生态系统"而言，"遗传"和"自稳定"是非常有效的"保守"特征，而生理活动中的"平衡"与"协调"对于健康则尤其重要。

以人体为例，消化系统、呼吸系统、神经系统、血液循环系统……各个系统必须相对独立、各自封闭、严格分工和互相配合才能高效运行，发挥良好的人体生理功能。如果各个系统完全自由、全面开放，就会出现一种混乱无序的状态，后果可想而知。

中国的"改革开放"已经30年了，中国的"改革开放"之所以顺利成功，其根本原因就是"两个基本点"对于"一个中心"的切实保障，而"四项基本原则"就是中国高速经济快车的"刹车装置"和"减震器"，这是一个极其重要的历史经验。毫无疑问，在全球性经济危机中，中国欲独善其身进而成为挽救世界经济的"中流砥柱"，就必须坚持中国共产党的领导，坚持毛泽东思想和高举中国特色社会主义伟大旗帜，只有"社会主义"才能够挽救"资本主义"的本质危机。但是，社会主义文明必须建立在资本主义文明的基础之上，只有吸收和完善资本主义，全面继承和彻底改造资本主义才能够建成社会主义。所谓"中国特色社会主义"就是解决如何把"社会主义"和"资本主义"相统一，如何把"市场经济"与"计划经济"相统一，如何把"现代文明"与"古代文明"相统一，如何建立真正健康完善的世界政治经济新制度，这是一个必须回答的历史课题，也是中国共产党的伟大使命。

（新浪博客　张正春）

世界各国流感疫情汇总表

国家和地区	疑似病例	确 认	死亡人数
亚 洲			
中 国	内地1例	内地4例 香港3例	尚无
以色列	4例	7例	尚无
日 本		163例	尚无
韩 国	30例	3例	尚无
泰 国		2例	尚无
马来西亚		2例	尚无
印 尼	1例		尚无
印 度		1例	尚无
美 洲			
墨西哥	3954例	3646例	70人
美 国		4714例	6人
加拿大		496例	1人
哥斯达黎加	128例	9例	1人
巴拿马	41例	54例	尚无
哥伦比亚	180例	10例	尚无
巴 西	18例	8例	尚无
萨尔瓦多		4例	尚无
危地马拉		3例	尚无
古 巴		1例	尚无
阿根廷		1例	尚无
秘 鲁		1例	尚无

附 录

（截止时间：2009年5月19日8:00）

详 情

11日，四川一例甲型H1N1流感疑似病例被确诊；香港5月1日宣布确诊首宗甲型H1N1流感个案；13日，山东确诊内地第二例输入性病例。香港13日下午宣布确诊第二宗甲型H1N1流感个案。16日，北京报告一例甲型H1N1流感确诊病例，这是我国内地第三例输入性确诊病例。香港17日下午宣布确诊第三宗甲型H1N1流感个案。广东18日报告1例甲型H1N1流感疑似病例。

截至北京时间5月15日12时，以色列共确诊7例。

截至18日，日本国内确诊的甲型H1N1流感患者总数攀升到163人。

截至北京时间5月15日12时，韩国共确诊3例，30例疑似病例待排查。

泰国政府12日称，泰国确诊了该国2例甲型H1N1流感病例。

马来西亚16日确认该国出现第二例甲型H1N1流感病例。

印度尼西亚卫生部官员15日称，一名从美国旅行归来的31岁女子疑似感染甲型H1N1流感，目前正在接受观察和治疗。

印度卫生部16日确认该国出现首例甲型流感病例。

墨西哥18日宣布，墨全国确诊患甲型H1N1流感人数升至3646例，其中死亡人数升至70人。

截至15日，美国境内共有47个州发现了4714名甲型H1N1流感病患。

根据加拿大公共卫生局15日公布的最新统计数据，当天加拿大新增甲型H1N1流感病例47例，累计确诊患者总人数升至496人，其中包括1例死亡病例。

截至北京时间5月15日12时，哥斯达黎加共确诊9例，包括1例死亡。

巴拿马17日晚宣布，甲型H1N1流感确诊病例17日再增11例，总数已达54例。

截至北京时间5月15日12时，哥伦比亚共确诊10例。

截至北京时间5月15日12时，巴西共确诊8例。

截至北京时间5月15日12时，萨尔瓦多共确诊4例。

截至北京时间5月15日12时，危地马拉确认3例。

古巴11日确诊首例甲型H1N1流感病例，患者为来自墨西哥的一名学生。

截至北京时间5月15日12时，阿根廷共确诊1例。

秘鲁卫生部长14日宣布该国确诊首例甲型H1N1流感病例。患者为一名近期去过纽约的27岁秘鲁女子，临床症状并不严重，正在康复当中。

（接下页）

当流感来袭
疫情第一现场目击实录

（续表）

国家和地区	疑似病例	确　认	死亡人数
厄瓜多尔		1例	尚无
智　利		2例	尚无
欧　洲			
西班牙	23例	100例	尚无
英　国	3例	82例	尚无
法　国	26例	15例	尚无
德　国		12例	尚无
意大利		9例	尚无
荷　兰		6例	尚无
比利时		4例	尚无
芬　兰		2例	尚无
挪　威		2例	尚无
瑞　典		3例	尚无
波　兰		2例	尚无
瑞　士	7例	1例	尚无
丹　麦		1例	尚无
葡萄牙		1例	尚无
爱尔兰		1例	尚无
奥地利		1例	尚无
土耳其		1例	尚无
大洋洲			
新西兰	41例	9例	尚无
澳大利亚	18例	1例	尚无

详 情
厄瓜多尔15日证实,一名从美国返厄的11岁男孩被确认为厄首例甲型H1N1流感病例。
智利17日首次证实该国有两宗感染甲型H1N1流感病例。

详 情
截至北京时间5月15日12时,西班牙甲型H1N1流感确诊病例为100例。
英国卫生部15日新确诊4例甲型H1N1流感病例,全国感染者总数上升至82人。
法国18日宣布又确诊一例甲型H1N1流感病例,目前该国流感确诊病例已升至15例。
截至北京时间5月15日12时,德国共确诊12例。
截至北京时间5月15日12时,意大利确认9例。
截至北京时间5月15日12时,荷兰共确诊6例。
比利时15日证实,该国新增两例甲型H1N1流感确诊病例,全国确诊患者总数升至4例。
据芬兰通讯社12日报道,芬兰首次确认2例甲型H1N1流感病例。
截至北京时间5月15日12时,挪威共确诊2例。
瑞典卫生部门16日宣布,瑞典又确诊1例甲型H1N1流感病例,从而使瑞典确诊的甲型H1N1流感病例增至3例。
波兰卫生检验总局14日证实,一名日前从纽约返回的男子被确诊患有甲型H1N1流感。这是波兰第二例甲型H1N1流感确诊病例。
截至北京时间5月15日12时,瑞士确认1例。
截至北京时间5月15日12时,丹麦确认1例。
截至北京时间5月15日12时,葡萄牙确诊1例。
截至北京时间5月15日12时,爱尔兰确诊1例。
确诊首例甲型H1N1流感病例,目前病人情况稳定。
土耳其卫生部16日发表声明说,该国已出现首例甲型H1N1流感确诊病例。

详 情
新西兰卫生部15日称,新西兰新增2例确诊的甲型H1N1流感病例,使得该国甲型H1N1流感确诊病例升至9人。
据澳大利亚联合新闻社9日报道,一名澳大利亚妇女已被确诊为该国首例甲型H1N1流感病例。

(中国网)

中国各地流感疫情汇总表

地 区	疑 似	确 诊	被隔离者
四川		1人	114人
山东		1人	30人
北京		1人	303人
广东	1人	1人	2人
重庆			27人
陕西			14人
河南			13人
辽宁			11人
江苏			10人
云南			8人
黑龙江			7人
湖南			7人
浙江			6人
内蒙古			4人
安徽			3人
广西			1人
深圳			1人
香港	6人	3人	350人(排除)
台湾			19人

附　录

（截止时间:2009年5月20日12:00）

详　情
卫生部5月11日通报,四川省确诊1例甲型H1N1流感病例,这是我国内地首例甲型H1N1流感病例。四川150名密切接触者已经隔离114人。
在D41次列车上与山东首例甲型H1N1流感患者吕某接触过的46人中,30人已经找到并被隔离,正在接受医学观察,目前没有发热人员。目前,山东省卫生厅正在积极寻找另外16名与这名患者同一车厢的乘客。
卫生部通报,5月16日,北京市报告1例甲型H1N1流感确诊病例,这是我国内地第三例输入性确诊病例。
5月18日12时,卫生部接到广东省卫生厅报告,广州市第八人民医院收治1例发热病例,根据临床表现、流行病学调查和实验室检验结果,初步诊断为输入性甲型H1N1流感疑似病例。
在重庆市区域内先后共隔离医学观察甲型H1N1流感病毒密切接触者27名,全部被隔离者目前体温正常、情况良好。
截至5月13日17时,陕西省境内与甲型H1N1流感确诊病例密切接触者共有14人。其中,13日新增密切接触者7人。14名密切接触者均已实施医学观察,目前健康状况良好。
目前,在河南省实施隔离观察的与甲型H1N1流感确诊病例密切接触者共有13人,卫生部门派专人密切监测,每日进行检查,上述隔离者均身体状况良好,无异常情况。
辽宁11名密切接触者中已经有10人实施医学观察。
江苏目前没有发现四川甲型H1N1流感确诊患者的密切接触者,因与日本患者有密切接触而接受隔离医学观察的有9人;另,有1人与山东甲型流感患者有密切接触史被隔离。
云南省有6名乘客与四川确诊的首例甲型H1N1流感患者搭乘同一航班从北京回到成都,另外1名云南乘客于5月8日搭乘东京至北京的NW029次航班。另,有1人与山东甲型流感患者有密切接触史被隔离。
追查乘坐NW029和3U8882航班的黑龙江省人员,乘坐这两个航班者有6人户籍在黑龙江省,另有1人为河北省户籍来黑龙江省探亲,共7人。
这7人中,6人在长沙医学观察,1人在岳阳医学观察。从目前检测情况来看,这7人体温都正常。
宁波已发现甲型H1N1流感密切接触者增至6名,这些人员都是通过乘坐NW027航班与日本确诊甲型H1N1流感病人有过接触。
与首例甲型H1N1流感病例包某某同乘NW029和3U8882航班的密切接触者中,有4人户籍在内蒙古,目前均已实施医学观察。
安徽省有3名甲型H1N1流感密切接触者,他们正在接受医学观察,没有出现发热等症状。
广西1名密切接触者已经追踪到位。
12日一艘客船从香港到深圳入境时,检出一名日本籍乘客有发烧等症状,已实施医学观察。

（中国网）

卫生部办公厅关于印发
《甲型H1N1流感确诊病例出院标准（试行）》的通知

为进一步指导医疗机构做好甲型H1N1流感诊疗工作，根据《传染病防治法》和卫生部2009年第8号公告，我部组织专家组及有关专家研究制定了《甲型H1N1流感确诊病例出院标准（试行）》，现印发给你们，请遵照执行。

请各医疗机构配合疾病预防控制机构，做好患者出院后随访工作。

鉴于目前对甲型H1N1流感病毒的病原学特点尚未完全掌握，请各省级卫生行政部门组织做好本辖区甲型H1N1流感确诊病例出院前粪便标本采集和甲型H1N1流感病毒核酸检测工作。一经发现检测结果阳性，请及时报我部。

卫生部办公厅
二〇〇九年五月十五日

甲型H1N1流感确诊病例出院标准
（试行）

甲型H1N1流感确诊病例同时满足下列条件时，可以出院：

1. 体温正常，流感样症状消失≥3天，无并发症，临床情况稳定；
2. 流感样症状消失后，次日起连续2天（每天1次）咽拭子甲型H1N1流感病毒核酸检测均为阴性。

后　记

2009年春。北京。

今年的春天来得迅猛而缓慢。尽管杨柳抽絮共飞舞的时节较往年更早，但整个京城难觅"柳絮池塘淡淡风"。积极应对横扫全球国际金融风暴的中国，正沉浸在对2008年四川汶川特大地震灾难中逝去生命的缅怀、悲奠之中。

然而这个早春，另一场灾难性危机在悄悄潜伏后突然爆发，并在全球较大范围内传播。这就是甲型H1N1流感。

墨西哥时间4月23日，墨西哥政府拉响了流感疫情警报。随即，关于甲型H1N1流感来袭的报道迅速占据世界各大媒体头条，成为主要焦点话题。

美国、加拿大、英国、韩国……5月10日，中国大陆确诊首例输入性甲型H1N1流感患者。

全球上空笼罩起流感疫情灾难的阴霾。

疫区不断扩大，确诊病例不断上升，病毒不断肆虐蔓延，疫情形势日趋严峻。中国最高决策层第一时间将甲型H1N1流感的防范工作列入最高议事日程。在中国尚未发现疫情的4月28日，国家主席胡锦涛就防控流感疫情工作做出重要指示，国务院总理温家宝主持召开国务院常务会议，及时研究部署预防控制工作……

一时间，人们对大洋彼岸流感疫情的传播、发展极为关注，"甲型H1N1流感"成为人们交谈的关键词。作为一名出版人，我意识到我们有责任快速、全面、实时地公开信息，让社会公众及时了解疫情发展变化，了解公共危机事件中我国政府快速、充分、完善的应急预警、处理机制，以及有力、有序、有效的防控部署。

中国外文局具备良好的国际化出版优势，包括驻外机构和图书出版机构。于是，在蔡名照局长的支持下，我与黄友义副局长兼总编辑商议、达成共识后，便立即着手策划《当流感来袭——疫情第一现场目击实录》一书。

此书的编辑工作得到新世界出版社杨雨前社长、张海鸥副总编辑的大力支持。他们第一时间作出反应，紧急抽调社内优秀编辑，统筹协调，明确分工，工作有序开展。

中国驻墨西哥大使馆工作人员贾宁一女士拨冗为本书的编辑组与中国驻墨西哥相关媒体取得联系；中国国际广播电台驻墨西哥记者站首席记者于昕怡女士在出色做好本职工作之余，为本书传回墨西哥方面的疫情最新信息；我局《今日中国》杂志社拉美分社社长吴永恒、副社长曾平、记者程文君三位同志是此次流感疫情的亲历者，在疫情不断蔓延之时，虽身处危城却淡定从容，不断传回一线报道，反复接受编辑组的采访，即便是在回国入境后接受医学观察的日子里，也依然坚持为本书提供大量珍贵的第一手材料。这些优秀的媒体人，牢记公共危机事件中媒体的责任，以他们强烈的社会责任感、敏锐的新闻触觉，让我们手捧墨香却如再次经历20多天来的分分秒秒。

在短短十几天里，各方人士远隔重洋，也许彼此并不熟络，却默契合作。他们跨越空间阻隔，克服时差障碍，通过越洋电话、MSN、E-mail等一切可利用的技术手段，彼此沟通、传递各方情况、信息。吴永恒社长、曾平副社长更是在回国解除医学观察后，第一时间来到出版社，讲述亲身经历。年轻的编辑们则每每加班至深夜，将最大的热忱化为最佳的内容和质量，奉献给广大读者。

文章合为时而作。在诸多同仁的努力下，《当流感来袭——疫情第一现场目击实录》终于呈现在读者面前。书中囊括亲历者目击实录，还原事件面目，汇集精准信息，真实描写全球疫情发展，提供众多医学专家的防控建议，因此，本书以可读性和实用性承载了一段重要的历史。今天，它是一种记录；不久的将来，它则将成为人类共同应对、战胜公共卫生安全挑战的回望。

在本书成书过程中，曾得到新华社、中国网等媒体同行的大力帮助。此外，书中还精选了许多网友精彩的博文与读者共享。作为本书的策划者，手捧书稿，我忆起这些天倾力以赴的众多同仁，深深为他们的精神和境界所感动。在此，一并致以崇高的敬意。

2009年5月

（本文作者为中国外文局常务副局长）

图书在版编目（CIP）数据

当流感来袭：疫情第一现场目击实录／华夏编著.
—北京：新世界出版社，2009.5
ISBN 978-7-5104-0359-0
Ⅰ.当… Ⅱ.华… Ⅲ.纪实文学—中国—当代 Ⅳ.I25
中国版本图书馆CIP数据核字（2009）第076546号

当流感来袭——疫情第一现场目击实录

作者：华夏

总策划：郭晓勇　黄友义

出品人：杨雨前

出版统筹：张海鸥

责任编辑：钟振奋　余守斌　宿春礼　许长荣

装帧设计：大盟文化

责任印制：李一鸣　黄厚清

社址：北京市西城区百万庄大街24号（100037）

总编室电话：+86 10 6899 5424　　6832 6679（传真）

发行部电话：+86 10 6899 5968　　6832 8705（传真）

本社中文网址：http://www.nwp.cn

本社英文网址：http://www.newworld-press.com

版权部电子信箱：frank@nwp.com.cn

版权部电话：+86 10 6899 6306

印刷：外文印刷厂

经销：新华书店

开本：787×1092　1/16

字数：200千字　　印张：12.25

版次：2009年5月第1版　2009年5月北京第1次印刷

ISBN 978-7-5104-0359-0

定价：38.00元

新世界版图书　　版权所有　　侵权必究
新世界版图书　　印装错误可随时退换